KiWi

Paperback

801

Über das Buch

Dieses Buch ist etwas ganz Besonderes. Es ist nämlich ganz speziell für Sie geschrieben, liebe Leserin, lieber Leser. Ja, genau für Sie, Sie müssen jetzt nicht über die Schulter nach hinten gucken, Sie sind gemeint! Sie, die Sie jetzt dieses Buch in der Hand halten und überlegen, brauche ich das oder brauche ich es nicht? Lassen Sie sich einen Tipp geben: Ja! Sie brauchen es. Denn wer sonst nimmt Ihre Sorgen und Nöte, Ihr Bedürfnis nach Aufmerksamkeit und Streicheleinheiten so ernst wie Cordula Stratmann, ihres Zeichens die verständnisvollste Autorin aller Zeiten.

Das ist jetzt ein bisschen übertrieben, also, aber in der Sache stimmt es. Doch auch diese Frau hat Nerven! Wenn Sie sich beim Lesen allzu ungeschickt oder blöd anstellen, merkt die das – und dann wird auch schon mal gemeckert. Aber machen Sie sich keine Sorgen: Wenn Sie sich ein bisschen Mühe geben und das Buch in entspannter Situation lesen, wird es Ihnen blendend gehen: Sie werden lachen, kreischen, Ihren Kollegen in die Rippen boxen, weil sie ihnen unbedingt giggelnd diese Wahnsinnstelle aus dem Buch vorlesen müssen. Diese super lustige, total bekloppte Stelle auf Seite 89. Oder die auf Seite 112. Oder Seite 42. Oder Seite 66. Ach, lesen Sie selbst.

Über die Autorin

Cordula Stratmann, Kabarettistin, bekannt aus Funk und Fernsehen: Sie war die Melanie bei tm3 und beim ZDF, sie ist die **Annemie Hülchrath** beim WDR, mal bei »Zimmer frei«, mal auf »Hausbesuch« bei Hellmuth Karasek oder Ulrich Wickert und in ihrer eigenen Sendung »**Annemie Hülchrath – Der Talk**«. Mit ihrem Soloprogramm »Andererseits wiederum ...« feiert Cordula Stratmann große Erfolge auf Deutschlands Bühnen.

»Cordula Stratmann an ihrer Gastrolle als Annemie Hülchrath festzumachen, würde ihre Befähigungen weit unterbenoten.«

Aachener Nachrichten

www.cordula-stratmann.de

Cordula Stratmann

Ich schreibe, aber lesen müssen Sie selbst

Ein Buch

Kiepenheuer & Witsch

1. Auflage 2003

Umschlaggestaltung: Barbara Thoben, Köln
Umschlagfoto: © Melanie Grande
Fotos Innenteil: © Manfred Linke
Gesetzt aus der Stempel Garamond
Satz: Greiner & Reichel, Köln
Druck und Bindearbeiten: Clausen & Bosse, Leck
ISBN 3-462-03344-1

Für T. C. und Gabriel

1. Kapitel

Dreizehnuhrfünfundvierzig.
Um 18.00 Uhr hab ich einen Termin. Bis dahin ist richtig schön Zeit. Nichts, was ich im Moment dringend tun muss, einfach schön Zeit. Sehr schön! Einfach nur Mensch sein ... Herrlich ... Wie ruhig das hier ist! ... Sehr, sehr ruhig ...
Ein *bisschen* langweilig.
Tja ...
Ich könnte ja ein Buch lesen – wo ich eh so gerne lese ...
Aber das mache ich schon so oft: ein Buch lesen. Mir fällt auch nichts Neues mehr ein!
Immer nur lesen, lesen, lesen! Man sollte öfter mal selbst eingreifen. Nicht immer nur andere machen lassen. Ich schreibe jetzt einfach mal selber ein Buch! Ich glaube, das ist der richtige Weg! Ich habe irgendwie das Gefühl, dass das wirklich eine gute Sache werden kann. Zumindest weist alles in die Richtung. Selber ein Buch ... Schön. Ich kann mir sogar vorstellen, dass einen das irgendwie weiterbringt. So von der eigenen Entwicklung her.
Also: Wie viele Seiten hat denn so ein Buch?
Guck ich mal grad im Regal nach. Der T. C. Boyle ... Aha. WAAAS??? 560 Seiten?!?!?! Der hat wohl sonst nichts zu tun! Klar, dann würde ich auch ...
Was hab ich denn hier noch stehen?
Was schreibt denn der Márquez? 100 Jahre Einsamkeit ... Ach du liebe Güte.
Auf 477 Seiten! Der muss ja *extrem* einsam gewesen sein. Na ja, is ja nicht schlecht, wenn er sich das mal alles von der Seele schreibt. Besser, als wenn er dumme Sachen anstellt.

Aber 100 Jahre! Das ist doch eine Strafe! Und dann wird der auch noch so alt! Andere mit intaktem Freundeskreis und Familie werden mit 80 mitten aus dem Leben gerissen!

Jetzt werde ich wieder so nachdenklich. Das geht bei mir ruck, zuck.

Dann muss ich einen Moment warten und dann ist es auch wieder vorbei. Man lernt sich ja kennen im Laufe der Jahre.

Als ich das zum ersten Mal hatte, habe ich natürlich einen riesigen Schrecken bekommen. Da dachte ich, das würde jetzt immer so weitergehen. Immer nachdenklich. Mich spricht einer an und ich kann nicht reagieren, weil ich grade so nachdenklich bin. Oder ich muss zu einem Auftritt raus und genau in dem Moment – zack – nachdenklich. Aber heute weiß ich, das geht alles vorbei.

Man muss nur Zeit mitbringen. Ganz wichtig: Zeit.

Das meinte der Márquez wohl auch. Sonst hätte er sich ja vielleicht gesagt: Komm, fängste erst mal mit »30 Jahre ...« an. Aber mit 30 Jahren kommst du oft nicht hin. Das sehe ich ja bei mir. Ich hab jetzt für alles insgesamt auch schon 39 Jahre gebraucht. Und bin *noch* nicht fertig! Das zieht sich alles ganz schön. Ich meine, das sind hauptsächlich die ersten Jahre, die so lange brauchen. Da geht und geht das nicht voran, und jetzt die letzten 10, das ging unheimlich fix, aber die Trödelei vom Anfang kriegst nicht mehr reingeholt.

Ach ja, die Zeit.

Gibt es ja auch eine Zeitung, die sich danach nennt. Die haben es echt kapiert. Find ich gut. Du musst es direkt ganz klar benennen. Nicht erst lang drum rumreden, direkt zack, und alle wissen Bescheid. Dieses viele Zögern tut der Sache oft nicht gut.

Obwohl du auch die Dinge nicht überstürzen sollst. Fällt mir grade ein.

Gott sei Dank!

Jetzt hätt ich aber beinah dummes Zeug geschrieben! Man muss ja unheimlich aufpassen, was man so sagt, und noch besser sollte man schon vorher unheimlich aufpassen, was man so denkt. Weil, denken und sprechen passiert ja häufig sogar gleichzeitig – und gesagt ist es dann schnell …

Schon als kleines Grundschulmädchen hat uns die Auseinandersetzung zu diesem Thema nicht ruhen lassen und ich möchte Ihnen, geneigte Leserschaft, nicht die Zeilen vorenthalten, mit denen sich meine Klassenkameradin Monika E. aus D. dazu in meinem Poesiealbum geäußert hat:

O, hüte deine Zunge wohl!
Bald ist ein böses Wort gesagt.
O Gott! Es war nicht bös gemeint!
Der andre aber geht und klagt.

Ist das nicht schäbig?! Der andre aber geht und klagt. Diese verabscheuungswürdige Petze! Pfui Teufel! Hätte man dieses kleine Missverständnis nicht im Zwiegespräch zu einem friedlichen Abschluss bringen können? Musste da eine dritte Person mit hineingezogen werden? Was soll der arme Mensch denn bloß dazu sagen? Womöglich ist das dann auch wieder falsch und schon geht's husch, husch zum Vierten.

So entstehen Kriege, meine Damen und Herren!

An dieser Stelle möchte ich Sie bitten, einen Moment innezuhalten und mal was nachzudenken. Erheben Sie sich dazu bitte von Ihren Plätzen, neigen Sie den Kopf und falten Sie die Hände hinter dem Rücken (mit der Position hab ich selbst schon gute Erfahrungen gemacht, oft fallen einem da tolle Sachen ein, die außer einem selbst aber niemanden interessieren), die Augen *können, müssen* Sie aber nicht schließen (Vorsicht, mancher schläft dabei ein und stürzt dann unglücklich).

So. Was war noch?
Jetzt bin ich schon auf Seite 12, aber da ist längst noch nicht Schluss mit so einem Buch, das ist bis jetzt gerade mal eine Broschüre. Aber worüber? Zur Beantwortung müsste ich das jetzt alles nochmal lesen, aber dann komm ich gar nicht mehr voran. Sie werden sich schon das rausholen, was für Sie drin ist. Man darf seine Leser auch nicht für plöd halten (in diesem Satz ist ein Fehler eingebaut).
Wenn allerdings bis jetzt noch nichts für Sie dabei war, dann hoffen Sie einfach, dass da noch was kommt. Sollte das dann bis zum Schluss nicht eingetreten sein, dann legen Sie das Buch einfach weg, nachdem Sie es ausgelesen haben.
Ich glaube, so ist es am besten.
Wenn Sie es ganz anders machen möchten – bitte schön, wir sind ein freies Land.
Aber vergessen Sie dabei bitte nie, dass ich dieses Buch *nur für Sie* geschrieben habe! Ohne Sie zu kennen! Da kann man schon mal den Hut vor ziehen!
Denken Sie da mal dran, bevor Sie die Nase rümpfen! Wir beide sind uns doch noch nie über den Weg gelaufen, wir beide leben so lödlödlö jeder unser Leben und da kommen Sie daher und wollen, dass Ihnen ausgerechnet mein Buch gefällt, wo es 100.000 andere gibt?! Woher soll ich, verdammt nochmal, wissen, was Sie gerne lesen?!
Jetzt werde ich aber langsam sauer! Entschuldigen Sie mal!

Ich schnüffel doch auch nicht in Ihren Unterlagen rum!
Ich sag doch auch nicht »Ach nee, die Unterlagen vom Herrn ..., von Frau ... lesen sich so zäh und der/die kriegt das Thema auch nicht gepackt.« Seien Sie froh, dass Sie überhaupt ein Thema haben! Ich suche immer noch eins! Es müsste ja nur *eins* sein! Aber ich habe von Ihnen noch nicht einmal gehört »Ach, Frau Stratmann, kann ich Ihnen irgendwie helfen?« Da könnte man ja auch mal drauf kommen.
Ein *bisschen* mehr Hilfestellung untereinander! »Guten Tag, Herr Grass, ich wollt Ihnen mal was für Ihr neues Buch vorschlagen.« Nicht immer gleich sagen »Ach nee, der Herr Grass, der ist bestimmt so arrogant, der will meine Hilfe doch gar nicht.«
Hinterher ist das Gemecker immer groß!
Aaach, entschuldigen Sie. O Gott! Es ging gerade mit mir durch. Huppala!
Es war halt nicht immer leicht für mich heute. Können Sie aber ja nichts für.
Entschuldigen Sie bitte vielmals, das durfte nicht passieren.
Nein, nein, nein!
Ein Autor *muss* sich unter Kontrolle haben! Schließlich ist ein Buch schreiben kein Higher und Figher – wie wird denn das jetzt geschrieben? Jetzt wird's grade ernst und ich weiß nicht, wie man mich richtig geschrieben ausschimpft.
Eine Panne nach der andern! Ich sage ja, es war nicht immer leicht für mich heute.
Haben Sie auch den Eindruck? Jetzt wird es irgendwie immer mehr ein Tagebuch. Das ist mir dann ehrlich gesagt doch etwas zu persönlich.

[redacted].

So. Jetzt habe ich mir mal ein bisschen was von der Seele geschrieben. Da geht's einem gleich besser. Ich weiß auch nicht, wie das immer funktioniert. Man ist ja vorher wie nachher genauso alt, heißt genauso, wohnt immer noch genauso und so weiter. Man hat halt nur mal was aufgeschrieben, was man danach auch nicht mehr unbedingt durchlesen möchte. Sonst kommt man ja wieder so drauf wie vorher – und dann muss man sich das *nochmal* von der Seele schreiben, liest es wieder durch, kommt wieder so drauf ... liest es wieder ... und immer so weiter ... Wie geht eigentlich Weiterentwicklung? – So, Leute, hier wieder ca. 10 Minuten innehalten ...

Haha! Reingelegt. Ich sehe Sie jetzt da sitzen mit gerunzelter Stirn und sagen »Mensch, die Stratmann, was die mich immer ans Nachdenken bringt!«

Aber Leute! Die Lösung ist doch ganz einfach! Du liest das Von-der-Seele-Runtergeschriebene eben einfach *nicht* mehr durch!!! Und fertig!

Mann, was kann man euch verarschen!

Menschenskinder! Leserschaft! Ein bisschen mehr Selbstachtung! Dann kann euch auch nicht jeder Hinz und Kunz das Blaue vom Himmel runtererzählen! So wie ihr drauf seid, seid ihr für jeden Scharlatan ein gefundenes Fressen!

Obacht! Da habt ihr aber Glück gehabt, dass ich das nur war, die es ja eigentlich gut mit euch meint! Ihr müsst schon etwas besser auf euch aufpassen. Ich hätte ja sonst wer sein können!

Meine Damen und Herren! Wir sind jetzt an einem Punkt, den ich durchaus als Nagelprobe für unsere Beziehung bezeichnen möchte.

Hier trennt sich die Spreu vom Weizen. Bis hierhin gingen wir ein Stück des Weges gemeinsam und ich halte es für ratsam, dass wir Bilanz ziehen und uns fragen: Hund? Katze? Maus?

Zur fundierteren Enscheidungsfindung habe ich für Sie einen kleinen Leser-Test entwickelt unter Mitwirkung von Diplompsychologe Gernot Grimm von der Universität Salzkotten.

1. Sprechen Sie mehr als 10 Minuten pro Tag mit Ihrem Partner über dieses Buch?		
☐	selten	(0)
☐	manchmal	(5)
☐	oft	(10)
☐	immer	(15)
2. Hat Ihr Partner Ihnen dieses Buch geschenkt oder wollte er von Ihnen das Geld wiederhaben?		
☐	selten	(10)
☐	oft	(10)
☐	immer	(10)
☐	manchmal	(10)
3. Haben Sie seit Lektüre dieses Buches besseren Sex als Ihr Partner?		
☐	ja	(100)
4. Reden Sie mit Ihrem Partner offen über Ihre Leseschwäche?		
☐	immer seltener	(0)
5. Haben Sie und Ihr Partner gemeinsame Wünsche und Träume darüber, wie dieses Buch besser hätte heißen können?		
☐	ich finde den Titel das Beste an diesem Buch	(0)
☐	mein Partner auch	(15)
☐	bei uns steht vorne gar nix drauf	( )

Auflösung unter
bbb.univ.salzkotten@.grimm.compi@deinestratmann.commseinichso.de

Sie werden es sicher schon bemerkt haben: Ich habe zur größeren Effizienz direkt einen Partner-Test draus gemacht, weil so eine Amica oder Allegra oder Brigitte oder Freundin oder Petra kostet dann gleich wieder 2 Euro und wir haben ja alle das Geld nicht so locker im Moment.

Liebe Leserin, lieber Leser. Ich musste erst mal ein paar Tage aussetzen, denn ich habe den obigen Test natürlich auch mitgemacht und ich war von meinem schlechten Ergebnis derart beunruhigt, dass ich mir sofort die Amica, die Allegra, die Brigitte, die Freundin und die Petra gekauft habe.
Dort habe ich mich zur Sicherheit nochmal getestet auf *Wie wohne ich am liebsten?* (125 von 140 Punkten, ich bin fast genau richtig eingerichtet), *Was bin ich für ein Telefontyp?* (200 von 180 Punkten, ich telefoniere zu viel) und *Wer hat zu Hause die Hosen an?* (100 % mein Mann, weil der sich in Röcken affig findet. Ich ihn auch).
Jetzt bin ich wieder obenauf.
Außerdem werde ich jetzt eine Sommer-Diät machen.
Und die geilen Kuchenrezepte ausprobieren. Und die Braten. Schöne Sachen dabei.
Vielleicht schicke ich den Redaktionen auch ein paar von meinen selbst erfundenen Gerichten. Oder Gedichten.
Mein stärkstes schrieb ich mit 17 Jahren, 12. Klasse.

Vor dem Philosophie-Unterricht schrieb ich folgende Zeilen an die Tafel:

Es war einmal ein Mann
der hatte gar nichts an
Dann ging er in sein Haus
und zog sich noch mehr aus

Granatenstark. Finde ich heute noch. Was da drinsteckt ... Wer war dieser Mann? Was ist das für ein Mensch, der sich ein Haus baut, aber scheinbar mit Klamotten so überhaupt nichts anfangen kann? Welche Schülerin namens Cordula Stratmann formuliert im Alter von 17 Jahren Lyrik so aufrüttelnd und auf den Punkt?

Genau das war damals mein Ansinnen: all die Fragen, die dieses Gedicht aufwirft, mit meinen Kurskolleginnen zu diskutieren. Unter Anleitung unserer Lehrerin, die wir ja schließlich Philosophie hatten studieren lassen.

Aber alles, was die konnte, war Platon. Sonst nichts.

Den hatte sie sich jedenfalls damals für die Stunde draufgeschafft und war nicht im Geringsten in der Lage, sich den modernen, hintergründigen Zeilen an der Tafel zu widmen. Unfähig, sich von dem Gedicht berühren zu lassen, kompensierte sie diesen Mangel damit, mich aufs Übelste vor meinen Mitschülerinnen herabzuwürdigen. Es fielen Missinterpretationen wie »albern«, »überflüssig« und noch weitere Grobheiten, die ich uns hier ersparen möchte.

Ich kann nicht verhehlen, dass ihre Worte damals wie heute auf mich eine massiv kränkende Wirkung haben.

Nie wieder gelang mir danach ein Werk, das sich in Ansätzen am frühen Erstling hätte messen lassen können. Meine lyrische Kraft ist seitdem versiegt.

So kommt es, meine Damen und Herren, dass wir seit Heinrich Heine immer noch auf den nächsten großen

Dichter aus Düsseldorf warten. Die Nation dankt Frau Schmidt-Burgk!

Sehen Sie es mir nach, wenn ich jetzt erst noch einmal diesen Arbeitsplatz verlasse. Ich muss in meinem Zeitschriftenladen versuchen, ein Sonderheft der Amica, Allegra, Brigitte, Freundin oder Petra zu finden mit Psycho-Test zum Thema »Aus Kränkungen lernen«. Vielleicht sagt mir die Heft-Psychologin in der Auflösung ja was über mein Sternzeichen. Oder hilft mir mit einem Rezept für einen leichten Sommersalat aus der Patsche.
Dabei sitz ich grad so schön.
Ich hab gar keine Lust, jetzt aus dem Haus zu gehen. Weil's auch regnet.
Ach ja, das Wetter …
– *Cordula!!* Du wirst doch wohl jetzt hier nicht vom *Wetter* anfangen!! –
Natürlich nicht! Aber man wird doch mal kurz aufseufzen dürfen! Und da bietet sich das Wetter immer supergut an. Ist doch besser, als wenn ich im Park einen Kampfhund anfalle. Dann muss ich mich danach auch noch mit dem Hundebesitzer prügeln. Und das kann einem dann schon mal schnell zu viel werden.

Alle wollen was von einem. Ist nicht immer leicht.
Aber sooo schwer ist das nun auch nicht. Man muss den Leuten einfach sagen: Immer schön eins nach dem andern! Und was nicht geht, das geht nicht. Und meistens geht genau dann mehr, als man meint.
Probiert das mal aus. Kann ich nur empfehlen!
Also: Ihr wartet erst, bis mal wieder alle was von euch wollen, dann sagt ihr:
Immer schön eins nach dem andern. Und wenn sie dann

alle meckern und motzen und im Begriff sind, große Straßenumzüge aus Protest zu organisieren, setzt ihr noch hinterher: Und was nicht geht, das geht nicht.
Sollt mal sehn! Dann ist das Staunen aber groß!
Ich hab noch keinen erlebt, der da nicht mal Mäuschen spielen möchte!
Nee, wartet mal, jetzt hab ich das Mäuschen viel zu früh platziert. Das sollte durchaus irgendwann in diesem Buch vorkommen, aber nicht jetzt schon. Macht ja gar keinen Sinn.
Das liegt wahrscheinlich daran, dass Mäuse so unheimlich schnelle Tiere sind. Die kriegst du schlecht gepackt. Die machen ihr eigenes Ding. Und wenn du irgendwo eine Maus einplanst, kann es dir passieren, dass die sich einfach nicht dran hält. Du kannst dich mit Mäusen unmöglich verbindlich verabreden. Da sind die zu spontan für. Immer kommste heut nicht, kommste morgen. Da muss man mit klarkommen können. Wenn man jetzt ein Typ ist, der immer alles genau plant und daran festhält, habe ich den einfachen Tipp: Lass die Finger von Mäusen.
Überleg mal, ob du dann nicht lieber von vornherein ein Krokodil kaufst.
Aber je länger ich darüber nachdenke: Auch von einem Krokodil würde ich dringend die Finger lassen. Was willst du denn mit einem Krokodil?! Ich halte *überhaupt* nichts davon, Tiere aus ihrem Lebensraum zu entfernen, nur weil wir Menschen uns in unserem satten Leben langweilen und meinen, ach, ich könnt mal was exotischer daherkommen! Seien Sie mal ganz ehrlich, so ist es doch. Wenn Sie sich wirklich von Herzen für das Krokodil interessieren würden, dann würden Sie auch hier alles aufgeben und zu dem Tier hinziehen. Alles andere ist der pure Eigennutz.

Ach, unter Ihnen sind sogar welche, die für den Mann ihres Lebens ins Ausland gegangen sind?! Aber für ein Krokodil nicht?! Dann lassen Sie es lieber gleich!

Aber apropos ins Ausland gehen. Wieso lesen Sie in meinem Buch? Wo haben Sie das her? Das gibt es doch bei Ihnen gar nicht zu kaufen, soviel ich weiß! Haben Sie noch Kontakt zu zu Hause? Wie schön! Ist ja sowieso viel besser, wenn man nicht immer gleich alle Zelte abbricht. Man weiß ja nie, wie man mit der Sprache zurechtkommt. Und wenn man dann gar nicht mehr zurückkann, nutzen einem seine extrem guten Deutschkenntnisse auch nichts mehr.
Ich kann ja nicht so gut Ausländisch.
Die Aussprache ist für mich nicht das Problem, ich bin recht sprachbegabt. Das wär ja leicht zu lösen, indem man alle Wörter einfach französisch, englisch oder spanisch *klingend* ausspricht. Aber damit hast du dich mit noch keinem von denen anständig unterhalten. Die wollen ja auch noch, dass man ihre ganzen Wörter *auswendig* gelernt hat!
Und da muss ich passen. Das hat mit meiner starken Faulheit zu tun. Ich bin so sprachbegabt wie faul – und das habe ich bis heute nie zusammengekriegt.
Vielleicht haben Sie das ja besser drauf. Da gratulier ich Ihnen ganz herzlich!
Also, das muss ich schon sagen: Ich kann gut gönnen. Das macht mir nix aus. Sehen Sie mal: Wenn ich Ihnen Ihre ausgezeichneten Russischkenntnisse neiden würde – ja, was hätte ich denn davon? Davon könnte ich doch noch längst kein einziges russisches Wort! Dann säße ich da, wäre sauer auf Sie, obwohl Sie mir gar nichts getan haben, außer, dass Sie fließend Koreanisch (WAAS??? DAS

KÖNNEN SIE AUCH??!!) sprechen, und wäre mit meinem Russisch keinen Schritt weiter!
Ich glaube, in dem Fall würde ich Ihnen einfach vorschlagen, dass wir uns ohne großes Theater weiter auf Deutsch unterhalten und fertig. Schwamm drüber. Das wollen Sie doch auch nicht, dass ich Sie mit Ihrer Vielsprachigkeit hier so vorführe. Ist ja nicht jeder so, dass er gerne im Mittelpunkt steht.
Tjaha! Ich kenne mich da aus! Da geht man auf einen Geburtstag, will einfach nur ein leckeres Bier trinken, die Salate probieren, die der Gastgeber bei seinen Freunden in Auftrag gegeben hat (Leute! So was macht man nach dem Studium nicht mehr!!!), und will eben diesen Gastgeber feiern, weil *er* ja schließlich die Hauptperson ist (sonst hätte man ja selbst eingeladen), und was passiert?
Da man sich den Anwesenden bei anderer Gelegenheit schon mal als durchaus humorvoll eingeprägt hat, stellen sie nun ihr eigenes Unterhaltungstalent komplett ein, sammeln sich schon in Erwartung giffelnd um einen und bestellen den ersten Witz. Das sind dieselben Leute, die zu so weisen Fragen in der Lage sind wie: »Kannst du eigentlich auch mal ernst sein?«
Erlauben Sie mir an dieser Stelle eine Gegenfrage: »Kamst du eigentlich auch per Geburt auf diese Welt?«

Da wir schon mal gerade dabei sind: Ich hätte da noch so'n paar andere Fragen:
Wer sind eigentlich diese Leute, die *sofort* einsteigen, wenn die U-Bahn-Tür aufgeht, sodass man als der Aussteigende, wenn's gut läuft, gerade noch mit dem Notfallhammer die Scheibe zerdeppert kriegt und mit Schnittwunden den Bahnsteig doch noch erreicht? Sonst fährt

man halt noch eine Station mit ... Und kommt auch da nicht raus ...
Vielleicht sind diese Einsteiger gar keine Amöben, für die ich sie möglicherweise zu Unrecht halte, sondern die letzten großzügigen Menschen in dieser schlechten Welt, die mir dazu verhelfen wollen, endlich mal die Endstation der Bahnlinie kennen zu lernen, was ich immer schon wollte, wofür ich aber nie die Zeit fand. Wer kennt schon die Endhaltestelle der Bahn, mit der er täglich fährt? Aber da leben auch Menschen wie du und ich und jetzt stell dir mal bitte vor, wie du es fändest, so kollektiv von den Fahrgästen ignoriert zu werden! Das sticht aber ganz schön! In Zukunft werde ich es eh nicht mehr mit den Sofort-Einsteigern zu tun bekommen, weil ich ab jetzt – versprochen! – stets bis Ende durchfahre und von da aus mit dem Taxi zum Zielort. Oder ich fahre gleich mit dem Auto.
Da sind wir direkt bei meiner nächsten Frage:
Was macht ihr auf der Autobahn eigentlich alle auf der mittleren Spur? Kann man von da aus am besten sehen? Ich weiß das nicht, denn ich benutze sie selten. Entweder fahre ich halt normal ganz rechts, wenn alles frei ist, oder ich muss nach ganz links rüber, wenn ich ganz rechts einen überholen will, weil, auf der mittleren seid ihr ja. Ich kann euch ja schlecht übern Haufen fahren. Dann würd ich ständig zu spät kommen. Da könnt ich gleich wieder mit der Bahn fahren. Ich glaub, man muss sowieso nur früh genug aus dem Haus gehen. Dann kann's einem egal sein, ob man durch nen Autounfall aufgehalten wird oder ob man eine Spontanbesichtigung mit der Bahn macht.

Jemand aus dem Verlag hat mir gesagt, dass in einem erfolgreichen Buch auch immer Sex drin vorkäme. O. K., die

wollen den Schinken hier ja auch irgendwie verkauft kriegen. Also:
Als sie weit nach Mitternacht vor ihrer Haustüre ankamen, machte sie Anstalten, hineinzugehen. Da nahm er sie und flüsterte ihr ins Ohr »...«
Das war jetzt leider auch für mich zu leise, aber es muss irgendwie um Sex gegangen sein, denn sie fing schallend an zu lachen und sagte: »Ich glaub, das lassen wir mal lieber.«
Tja. Das hat jetzt also doch nicht geklappt.
Aber man kann ja niemanden zwingen.
Das ist auch der Grund, warum ich mich gegen eine Romanhandlung entschieden habe, weil man die darin vorkommenden Personen unheimlich schwer in den Griff kriegt. Was die nicht wollen, das wollen die nicht. Da beißt die Maus keinen Faden ab.
Sehen Sie, ich hab schon genug Maleste mit einer Maus, die ich auch an dieser Stelle nicht optimal platziert finde.
Was ist das überhaupt für ein behämmerter Spruch? Ich hab noch nie eine Maus gesehen, die irgendwo Fäden abbeißt! ... Ach so ... es heißt ja auch »*keinen* Faden ab«. Also gehe ich mit dem Spruch doch konform, indem wir beide behaupten, dass Mäuse *keine* Fäden abbeißen. Aha.
Aber der Spruch gefällt mir trotzdem nicht. Ich habe jetzt nochmal drüber nachgedacht. Weil ich es nämlich per se total bescheuert finde, einen Spruch zu prägen wie, dass Mäuse keinen Faden abbeißen, wenn sie das eh nie tun.
Es gibt im Leben so viele Dinge, die einen stark fordern, da muss man die Menschen nicht auch noch mit so überflüssigem Mumpitz belasten.

Ebenso überflüssig fände ich es, wenn man sagen würde, dass nachts alle Katzen grau sind. Aber das sagt ja keiner.
Die Leute sind doch vernünftiger, als man so gemeinhin annimmt.

Ich glaube, jetzt täte es uns allen gut, wenn wir mal das Buch zur Seite legen und uns ein bisschen bewegen. Jetzt habe ich nur das Problem, dass, wenn ich Ihnen hier nun ein paar Übungen aufschreibe, Sie die ja gar nicht machen können, weil Sie das Buch ja gerade weggelegt haben.
Was machen wir da?
Vielleicht kann ich für Sie eine Service-Hotline einrichten, die Sie anrufen können, dann stellen Sie Ihr Telefon auf laut und vom Band kommen meine Übungen. Das nützt uns nur für den Moment nix, weil Sie ja *jetzt* doch weiter auf Ihren Backen sitzen. Und das wollte ich ja gerade mal auflösen. Tja, aber vielleicht ist ja jetzt gerade auch später Abend und Sie gehen eh ins Bett. Und beim Zähneputzen kann man gut ein bisschen durch die Wohnung laufen. Dann hat man die nötige Bewegung. Sie müssen nur aufpassen, dass Sie sich nicht Ihre Böden voll sabbern. Man entwickelt ja eine Menge Speichel beim Zähneputzen. Und Zahnpasta macht so blöde Flecken auf alles. Zahnpasta und Senf.
Aber das ist reine Übungssache. Nach einer Zeit hat man das raus.
Und kommt gut durchtrainiert und mit frischem Atem im Bett an.
Wieder ein Tag geschafft!
Ich will mich nicht bei Ihnen einschleimen, aber ich muss Ihnen mal sagen, dass ich richtig stolz auf Sie bin!

Hm hm hm tada tada ta hmhm pa padapa papa dududu-du-ping-tada tada
Superlied! Hmpa hmpa. Doing, doing (drums). Yeahea-hea! Pabapadaia dudndudu.
Die Stones gehen ja schon wieder auf ihre letzte Tour. Wird ein Riesentamtam drum gemacht. Lauter Umfragen, ob man sich früher zu den Stones-Fans gezählt hat oder ob man Beatles-Fan war. Sämtliche Promis belästigen einen jetzt mit ihrer ganz persönlichen Rückschau und menscheln rum, dass sie damals die Stones ... also, ohne die ging gar nichts!
Soll ich Ihnen mal was sagen?
Ich fand die Beatles zum Sofort-Wegpennen, hab mich insofern also für die Stones entschieden. Aber ich fand die Stimme vom Jagger immer so scheiße (Ähindschä! Wie bemüht! Das war doch nicht cool!), dass ich jedes Mal entsetzt zu Brian Ferry (war *der* cool!!! So dermaßen souverän!) geflohen bin.
Gerade fällt mir ein, dass Strawberry Fields ja von den Beatles ist. Gefällt mir. Kann man gelten lassen, aber sonst fand ich die halt echt superöde. Bis auf Norwegian Wood. Geil.
Meinen die damit eigentlich Mischwald?
Bloß keine Tannen! Da hört's bei mir auf! Guck dir mal die Eifel an. Was könnte das da schön sein! Aber nein, überall schwer depressive, stockdunkle Tannen. Versauen die ganze Gegend. Was denkt man sich als Schöpfer eigentlich bei so was? Denkt man auf dem Posten überhaupt noch? Oder ist man, so weit nach oben gekommen, nur noch selbstbesoffen?
Ich fürchte, Norwegen hat der auch verhunzt mit seinen Scheißtannen. Soweit ich informiert bin, haben die Norweger alles voll damit.

Nacht, Johanna.
Da haben die schon kaum Licht da unten und dann noch Tannen, Tannen, Tannen! Manche trifft es echt doppelt und dreifach. Aber man kann es sich einfach nicht aussuchen. So ist das Leben.
Hätte mich als Kind mal einer nach meinen Wünschen gefragt, dann hätte ich nämlich gesagt, dass ich genau die gleichen Haare wie Andrea Commer haben will. Lange, rote, dicke Locken. Wow!
Sah die geil aus bei der Kommunion! Die hatte die Haare zum Knoten und da drum herum das Kränzchen wie eine Krone!!!
Ich hatte so ein *Diadem* auf meinen frisch vom Friseur abgefressenen Haaren und war vollkommen bedient.
Es existiert ein Foto, auf dem beim Leichenschmaus (ach nee, falscher Anlass, aber ich meine das große Mampfen in Familie nach Kirche) mein Cousin mit mir spricht. Das muss eine Fotomontage sein, denn ich weiß 100 %, dass mein Cousin *niemals* das Wort an mich gerichtet hat.
Mit so einer Cousine konntest du nichts anfangen. Noch nicht mal an den Haaren ziehen!
Jetzt entsteht gerade eine Telefonkette in meiner gesamten Verwandtschaft. Welchen Cousin meint sie denn? Knut, warst du das?
Ansgar? Ralf? Michael? Und alle antworten im Chor: »Ich! Ich! Ich!« Wenn ich ehrlich bin, hat sich nämlich *kein* Cousin mit mir unterhalten. Und meine Cousinen? Hab ich vergessen.
Ich habe sehr spät sprechen gelernt. Irgendwie wollte mir das keiner beibringen. Dafür hätte ja mal einer mit mir reden müssen.
Na ja, ist lange her, Schwamm drüber.

Sind mir auch eine Menge doofe Gespräche erspart geblieben. Und als ich dann am 18. Geburtstag eine kleine Ansprache gehalten habe, da haben sie aber alle groß geguckt!

Heute Abend wollen wir essen gehen. Zu fünft. Jetzt meint der Michael, da müsste man vorher anrufen. Aber ich finde, man sollte das gar nicht so an die große Glocke hängen. Sich selbst nicht immer so wahnsinnig wichtig nehmen. Außerdem geht das den Thailänder doch nun wirklich einen feuchten Kehricht an, wo ich abends hingehe! Und mit wem. Das machen alles diese täglichen Talkshows. Nichts können die Leute mehr für sich behalten. Immer gleich, blablabla, raus damit. Da kann ich mich tierisch drüber aufregen. Die nächste Fehleinschätzung dabei ist ja auch, dass der Michael meint, das müsste den Thailänder unbedingt interessieren, dass wir heute Abend mal zum Thailänder wollen. Der hat mit seinem gut laufenden Restaurant nun wirklich genug zu tun, als dass der dem Michael für seinen Anruf dankt und vielleicht auch noch fragt, wo er denn dieses Jahr Urlaub macht. Ich glaube aber, dass es genau das ist, was der Michael will: Der will wieder riesig angeben mit seinem Segelboot und dass sie das Ding in der Ägäis im Hafen liegen haben und überhaupt. Deshalb meint der nämlich auch: »Nee, da müssen wir unbedingt vorher anrufen!«
Der Michael ist auch einer, der seine Sachen immer frisch bei *seinem Türken* kauft, mit dem er im Laden dann so ausländerfreundlich rummenschelt und den er jeden Samstagvormittag (der Laden ist dann rappelvoll!) zu Tode langweilt mit seinen nachbarschaftlichen *Schwätzchen*. Aber *er* fühlt sich danach superdufte, nur ich hab den Ahmed danach schon hinten in seinen Kabuff ren-

nen und drei Kreuzzeichen machen sehen, so froh war der, als Michael endlich draußen war. Und das, wo der Mann Muslime ist. Da kannste nämlich mal sehen, was für'n Gewaltpotenzial von so einem supersoften Deutschen ausgeht!

Ich krieg dieses scheiß erste Kapitel nicht fertig! Ich muss mal im Verlag anrufen und fragen, ob so ein Buch auch gilt mit nur einem Kapitel. Soviel ich weiß, gibt es ja auch Gedichte mit nur einem Vers. Oder Bilder mit nur einem Bild. Eigentlich *nur*! Auf einem Bild ist doch immer nur eins drauf, oder? Bei Fotos weiß ich es 100 %, sonst kannst du sie nämlich zurückgeben. Aber ich meine auch bei gemalten Bildern. Oder hat der Beuys, das alte Schlitzohr, den Leuten, die seine Bilder sowieso nicht verstanden haben, ein Bild verkauft und gesagt: »Das is ne ganz tolle neue Sache: Da hamse gleich drei in einem! Aber ich mach Ihnen nen Sonderpreis: Sie müssen bloß zwei zahlen ...« Und dann rollte der Rubel.
Sinn machen würde das schon, bei so armen Schluckern wie dem Gauguin zum Beispiel. Der hatte ja nichts. Und dann kannst du dir natürlich auch nicht ständig neues Material kaufen, um weiterzumalen. Also, was machste? Malst auf das von gestern drauf. So ist es.
Aha. Sehen Sie, das hatte ich vorher auch noch nicht gewusst. Wie die Maler das so machen. Schreiben bildet. Was man da alles erfährt! Ich hatte auch schon lange nicht mehr an den Gauguin gedacht. Aber wenn man in der Situation ist, dass man ein Buch schreibt, hat man gleichzeitig auch eine Verantwortung übernommen. Für den Leser. Die Leserin. Das wären in meinem Falle Sie.
Und da kann man nicht einfach sagen, ach, der Gauguin, das ist nicht so mein Fall, da hab ich gar keine Lust,

drüber nachzudenken! Das ist hier keine Frage von Lust!
Aaach! Hier könnt ich doch super nochmal ne Sex-Szene einbauen! Ich mein nur, wo ich grad von Lust angefangen hab …
Aber wie das so ist: Manchmal sieht eine Gelegenheit unheimlich günstig aus und dann entpuppt sie sich als völlig unpassend.
Das sind oft sogar die Momente, wo man sich bis auf die Knochen blamiert: Du sitzt da im Schlüpfer. Die Frau von dem Kerl kommt rein, sieht 1000-mal besser aus, als er dir immer gesagt hat, und wahrscheinlich bringt er dich jetzt auch nicht mehr mit dem Wagen nach Hause. Die zwei müssen ja jetzt erst mal reden.
Aufzeigen, wer das schon mal erlebt hat.
Ja, saagt mal!!! Seid ihr euch denn für gar nichts zu schade?! Das darf doch nicht wahr sein! War er denn sooo *einzigartig*?! Das glaub ich einfach nicht! Zumindest so *einzigartig* clever für ein Timing, dass seine Frau auch noch was davon hatte …
Andererseits: Es hätte ja auch gut gehen können. Und dann wär's vielleicht ja ein schöner Nachmittag geworden (Einbrüche und Seitensprünge passieren bevorzugt nachmittags).
Ich bin ja für klare Verhältnisse. Ein Herr mit Ehefrau im Schlepptau, das wäre mir alles zu unordentlich. Nachher erzählt er dir noch, dass sie was ahnt und dass es ihr überhaupt nicht gut geht.
Das kannst du dann sehr gut nachvollziehen und dann kannst du dich auch gleich direkt mit *ihr* befreunden! Und einen leckeren Kaffee trinken gehen. Dann geht es ihr gleich schon wieder besser. Wird nichts so heiß gegessen, wie's gekocht wird.

Vielleicht hast *du* ja sogar einen Mann, der mir *dieser Frau* ganz gut parat kommt.
Das wäre natürlich eine Idee. Aber Vorsicht vor Urlauben zu viert! Da erlebst du dann nämlich, wie dein Mann *sie* statt deiner nervt und du willst ihn aber nicht zurück, weil, du hast ja genug am Hacken mit *ihrem*, den sie wiederum auf keinen Fall wiederhaben will!
Seht ihr, das meine ich! Nuuur Stress! Und dabei ging es am Anfang doch nur um ein bisschen richtig guten Sex.
Wie man's macht, macht man's verkehrt! Es ist wirklich wie verhext.

Jetzt mal eine ganz andere Frage:
Ich habe morgen einen Friseurtermin. Und ich weiß immer nicht, soll ich die Haare nochmal ein ganzes Stück abschneiden lassen oder morgen nur nachschneiden?
Ich dachte an so was:

Das wäre dann was kürzer. Gefällt mir nicht so richtig.

Oder mehr so:

Jetzt zur Farbe. Ich war mein Leben lang blond.
Und jetzt, wo ich älter und älter und älter und älter (nein, ich habe da kein Problem mit) werde, dunkelt sich das Haar so auf straßenköterblond ein. Da könnt ich doch direkt mal auf Dunkel gehen. Ja, oder nicht?
Vielleicht experimentier ich mal so ein bisschen rum und mach immer mal ein anderes Tuch auf den Kopf. Und was ist, wenn mir Grün dann am besten gefällt? Jetzt krieg ich Panik! Nachher muss ich dann immer grün … Fänden Sie es gut, also, könnten Sie sich vorstellen, dass ich … gibt ja auch sehr schöne Grüntöne. Grün ist ja nicht unbedingt gleich Grün.

Warten Sie, ich zeig's Ihnen mal:

Irgendwie süß, ne? Aber dafür müsste ich einen Tacken größer sein. Nee, nee, ich finde, eine Frau mit grünen Haaren muss mindestens 1,72 m sein. Aber nicht 1,68 m. Jetzt, wo ich das so auf dem Papier sehe …
Das ist bei Blau was anderes:

Ne? Stimmt doch, oder? Aber dafür hab ich wieder zu wenig Brust. Das kannst du nur machen mit richtig was in der Bluse. Fast zu viel schon musst du dafür haben. Finde ich jedenfalls.

Jetzt sagen Sie bitte nicht, tja, Frau Stratmann, das müssen Sie selber wissen mit der Haarfarbe. Das find ich immer zum Irrewerden bei den Verkäuferinnen in Klamottenläden. Entweder sind die mit Schweißperlen auf der Stirn dabei, das komplette Sortiment zusammenzufalten. Von morgens bis abends! Alle! Oder sie sind gerade im (Beratungs-)Gespräch mit der Kollegin. (»Weißte, da hab isch zu dem jesacht, verarschen kann isch misch och selber. Meinste, wat der da jeglotzt hat. Isch sach, Sascha, sachisch, jetz passma auf, isch hab escht kein Bock, misch verarschen zu lassen, un dat eins janz klar is: Sons verarsch isch disch omma! Da hatter nix mehr jesacht!«

Kollegin: »Escht, dat haste jesacht? Un wat sachter da?« usw. usf.)

Da kommt man lieber in zwei Stunden nochmal wieder (»Uschi, läuftet jut mim Dirk? Isch hab eben schon der Sandra erzählt, wie isch dem Sascha, isch sach Sascha, s. o.) oder morgen.

Und *wenn* man die Aufmerksamkeit der Damen irgendwie ergattert hat (eventuell durch Wälzen auf dem Boden bei Vortäuschen einer Frühgeburt), dann bekommt man aber gerne eine ausführliche Beratung:

»Tja, dat kannisch Ihnen auch nisch sagen, ob Ihnen dat jefällt. Dat müssense schon selber wissen. Nachher sagen Sie, isch hätte Sie dazu ... nee, nee, da kann isch Ihnen nix zu sagen.« (Unterlegt wird der Text vom Zusammenfalten von Sortimentsstücken.)

Ich sag mir dann oft, wenn ich den Hauch eines Ärgers aufkeimen spüre, dass ich ja auch gut reden hab, ich hab ja noch nicht zig Gerichtsverhandlungen gehabt mit erbosten Kundinnen, die nach ausführlicher Beratung schnurstracks zum Anwalt gehen und mich schon wieder anzeigen.

Kennen Sie eigentlich auch den Spruch? Der war so zwischen 69 und 74 in Düsseldorf ein gern genommener Aufsager bei vielen Gelegenheiten.
Wo gehste?
Im Kino.
Wat läuft denn?
Quo vadis.
Wat heißt dat?
Wo gehste?
Im Kino.
Wat läuft denn?
Quo vadis.
Wat heißt dat?
Wo gehste?
...
...
So, und jetzt eine Bitte an Sie: Zählen Sie die Zeilen doch mal durch! Zum Schluss ist doch der, der ins Kino geht, derselbe, der den anderen fragt, wo er hingeht. Das hat mich als Kind schon verrückt gemacht. Da haste für die Schulpause mal richtig was in petto und verlierst sofort wieder den Spaß daran, weil es hinten und vorne nicht schlüssig ist und du deinen Mitschülern natürlich nicht mit solchen geistigen Eintagsfliegen kommen willst. MAN WIRD DOCH NUR NOCH ÜBER DEN TISCH GEZOGEN!!!
Ich spüre schon wieder dieselbe Enttäuschung über diesen Spruch in mir wie damals. Manche Wunden heilen nie.

Ich muss jetzt mal unterbrechen und mich mal nur um mich kümmern. Ich hoffe, dass Sie sich in der Zwischenzeit nichts antun.
So. Bin wieder da. Fürs Schreiben hat das jetzt nicht *so* viel gebracht. Gestern, da hatte ich Superlaune, aber da hatte ich keine Lust, mich an den Schreibtisch zu setzen.
Heute ist meine Laune schon wieder im Eimer, aber ich wollte Sie jetzt nicht noch länger warten lassen. Das ist so blöd, wenn man gern weiterlesen will und der Autor ist nicht da. Dann kann man sehr leicht sauer werden, so nach dem Motto: »Ach, alle sind an ihrem Platz und auf wen muss man mal wieder warten?! Die gnädige Frau! Meint wohl, sie wäre was Besseres! Sie könnte kommen, wann sie grade mal Lust hat! Bitte schön, Frau Madame, dann bin ich jetzt eben auch mal weg.«
Toll, und ich sitz jetzt hier und schreib ins Blaue, oder was?! Recht herzlichen Dank! Und ich blöde Kuh sitz hier nächtelang … Das haben Sie ja mal wieder toll hingekriegt! Das Buch ist noch nicht zu Ende und ich bin mit meinen Lesern schon super zerstritten!
Hätte ich doch gar nicht erst damit angefangen! Eine Schnapsidee! *Ich* wollte Ihnen nur helfen! *Ich* dachte, Ihnen ist langweilig, och komm, dacht ich, schreibste denen mal 'n Buch. Aber nein, auch wieder falsch.
Die Herrschaften haben schon was anderes. Und hinterher wieder ankommen, sich in den Sessel schmeißen und sagen, so, jetzt soll die Stratmann mich mal unterhalten.
Nee. Jetzt möchte *ich* mal nicht mehr. Ich bin nämlich auch ein Mensch aus Fleisch und Blut, falls Sie das noch nicht bemerkt haben. Ich habe auch Gefühle … ach Scheiße, jetzt fang ich an zu heulen … 'tschuldigung, mir geht

so was immer tierisch an die Nieren. Bei jedem noch so kleinen Streit: zack – Nierenversagen.
Machen Sie sich jetzt um Gottes willen keine Vorwürfe! Nur weil Sie so undankbare Leser waren! Ich reg mich einfach immer wieder zu schnell auf. Das ist der Punkt.
Wie oft hat mir das mein Arzt schon gesagt! Ich soll mich nicht so wahnsinnig aufregen. Seit neuestem kommt zu der Niere dann auch noch die Milz, die Leber und die Lunge dazu. Spielen alle total verrückt. Na ja, dafür machen meine Kniescheiben überhaupt keine Probleme. Die hat der Chirurg wunderbar hingekriegt damals.
Das gibt's doch nicht! Jetzt bin ich bei Krankheiten! Da scheint man irgendwie gar keinen Einfluss drauf zu haben ab über 35. Zwangsläufig – bums – Thema Krankheiten!
Und? Wie geht's Ihnen denn so? Alles fit?
Jetzt wird's immer schlimmer! Jetzt frag ich schon »Alles fit?«! Eine der bescheuertsten Fragen überhaupt!!! Hab ich *noch nie* einen gefragt! Können Sie mir echt glauben. Das ist das Letzte! Das Allerletzte ist hintendran noch »im Schritt«. Boah, mir wird schlecht!
...
Bin ich froh, dass das gerade an der Tür geklingelt hat! Da war so einer vom Wanderzirkus und vor lauter Dankbarkeit, dass der mich von dem »fit im Schritt« (urrgh!) wegholte, hab ich dem 20 Euro gegeben. Obwohl ich mich jetzt im Nachhinein doch ein bisschen ärgere, dass der mir mit seinen vier Tigern, zwei Bären, sechs Elefanten und vier Pferden das ganze Treppenhaus versaut hat.
Erst gestern hab ich meinen Nachbarn von untendrunter gebeten, er möge doch – freies Land hin oder her – seine Wohnungstür wieder einhängen, weil es aus seiner Bude

immer so komisch mieft. Ich vermute, dass seine Fenster nicht so gut aufgehen. Er hatte halt lange in einer Haus-WG gewohnt und kriegt sich jetzt nur schwer auf *eine* Wohnung beschränkt. Klar. Obwohl er *da* ausgezogen war, weil er mal mehr für sich sein wollte. Jetzt quatscht er den ganzen Tag mit sich, weil es ihm zu ruhig ist. Ich hätte den einfach dem Wanderzirkus mitgeben sollen! Statt 20 Euro! Schade, manchmal handelt man zu spontan! Hier 10 Cent, da 20 Euro. Das geht weg wie nix. Und hinterher weißt du nicht, wo es geblieben ist.
Aber was hätten die beim Wanderzirkus mit einem arbeitslosen Soziologen gemacht? Lernt so einer noch Trapez? Oder Gummimensch?
Gelenkig ist er. Und eine gute Kondition hat er. Jedenfalls poppt er viel da unten. Und wenn du dabei null Kondition hast, bist du schnell im Hintertreffen. Kann sogar sein, dass er seinen Job selbst aufgegeben hat, weil er sich mehr darauf konzentrieren möchte. So kamasutramäßig. Habe ich letztens einen Radiobericht drüber gehört. Das ist ja waahnsinnig zeitaufwändig! Zwischendurch haben die immer so ein indisches Plingplong gespielt und da habe ich schon gedacht, wer bei *so* einer Musik poppt, der meint das irgendwie noch ganz anders.
Das sind Dinge, von denen verstehen wir nichts. –
Achim heißt er. Das weiß ich, seitdem er mit der Blonden zusammen ist, die dabei immer seinen Namen brüllt.
»AAACHIIM! AAACHIIM!! AAAAAAACHIII-IIIM!!!!!!!«
Und der Nachname steht ja auf der Klingel.
Ich find das besser, dass man in der Großstadt ein bisschen anonymer wohnt. Wo halt nicht jeder so viel vom andern mitkriegt. Wo man einfach unbeobachteter *sein Ding* machen kann.

In einem Dorf bist du da doch viel eingeschränkter. Da hört das jeder mit und alle wissen dann, ach, guck mal, das ist der Achim.
Ist besser so.
Auch für den Achim. In der Stadt sind die Leute auch nicht so verklemmt. Vor ein paar Tagen fragte mich eine aus dem Nachbarhaus, die das wegen der dünnen Wände natürlich auch immer hört, ob ich wüsste, wer denn dieser Achim sei. Und als ich ihr sagte, dass das der Typ aus unserem Haus ist mit den Haaren so und den Sandalen, da hat die nur anerkennend geguckt. Nix von wegen, so was macht man aber nicht, oder so. Wie das auf dem Land viel eher wäre.
Wir haben natürlich länger über Achim gesprochen und ob man ihm mal was sagen sollte, weil das doch ziemlich nervt, und dass er, wenn's ihm hier nicht passt, ja gerne wegziehen kann, aber das war irgendwie von einer lockeren Atmosphäre geprägt. Das hatte nichts Verkniffenes.
Das ist ja eh das Schöne an mir: Ich bin *null* verkniffen.
Das hab ich mir noch aus meiner Kindheit bewahrt. Da war ich auch schon nicht so. Ich hab mich an dem Tag, als ich mit Donnerschlag – rumsbums – erwachsen geworden war, gefragt: So, Cordula, was aus deiner reichhaltigen Kindheit willst du dir denn mal rüberretten?
Da musste ich gar nicht lange nachdenken. Hinstellen, beide Arme vorne verschränken, beide Augen zusammenkniepen und – zack – hatte ich meine Unverkniffenheit wieder. Hier gibt es eine kleine Anspielung auf eine beliebte amerikanische Fernsehserie aus den 70er Jahren mit Barbara Eden und Larry Hagman in den Hauptrollen. Um welche handelt es sich?
Bei richtiger Beantwortung verlost das amerikanische Fernsehen in Zusammenarbeit mit Greenpeace und mir

eine kleine Nebenrolle ohne Text mit Option auf eine Homestory in diversen Apothekenzeitschriften des Landes (Mecklenburg-Vorpommern). Derzeit ist unklar, ob zum Schluss noch eine Rolle im neuen James Bond dabei rumspringt. Es sieht aber *sehr* gut aus. So viel kann ich sagen.

Tja, was gibt's sonst noch so?
Fällt Ihnen was ein? Ich kann Ihnen nur *drin*gend raten, schreiben Sie es sich auf! Irgendwann sitzen *Sie* nämlich hier und wollen ein Buch schreiben. Und dann nutzt Ihnen die geile Idee, die Sie gerade hatten, nichts mehr! Sie werden nochmal an mich denken.
Ich hatte auch vor – das müssen bestimmt schon 15 Jahre sein, mindestens! –, also vor 15 Jahren, da hatte ich eine Idee ... *Irre gut*!!! Unwiederbringlich! Da ging es um eine junge Frau, die eine Schiffsreise macht. Weil sie zu den oberen Zehntausend gehört, ist sie Passagierin des Oberdecks. Jetzt ist es aber so, dass sie sich, obwohl sie das absolut nicht soll, hammermäßig in einen Typen vom Zwischendeck, also unter ihrem Stand, verknallt. Nix zu machen, wenn sie den sieht, zieht's in den Eierstöcken. Aber dermaßen! Ihm geht's genauso: megaverschossen. So. Jetzt treffen die zwei sich also immer heimlich, weil, ihre Klemm-Familie hat natürlich ein Super-Auge auf ihr zartes Pflänzchen. Da soll ja nix drankommen. Bis auf den Schmierheini, den sie für das Mädel schon ausgeguckt hatten. Der Typ vom Zwischendeck ist so'n richtiger Freigeist, mit Leidenschaft und allem Zipp und Zapp. Die kriegt sich kaum noch ein und kann sich immer besser ein Leben an seiner Seite vorstellen. Dann hatte ich mir noch so was ausgedacht, dass die sich eines Abends auf dem Bug des Schiffes treffen und er sie dabei von hinten ... umfasst, so richtig mit Wind von vorne und so weiter. Das

ganze Programm. Sie hat natürlich tierische Angst, bei der Aktion (ohne Schwimmring und alles) voll im reißenden Ozean zu landen und Nacht, Johanna. Sie konnte kein bisschen schwimmen. Aber weil sie ihn ja unheimlich liebt, geht sie auf seinen Vorschlag ein und vertraut ihm halt. Passiert auch nix. Jetzt könnte das ja eigentlich alles gut laufen, sie bricht aus ihrem goldenen Käfig aus, haut mit ihm ab, schenkt ihm ein paar reizende Kinder und hurra. Pustekuchen.
Grad, wenn's am schönsten ist, plong, kriegste einen vor den Bug (capito? … Buhug!): Jedenfalls, das Scheißschiff geht unter! Und Feierabend.
Ist doch alles in allem eine Super-Story, oder?
Ich Trottel hatte sie nur mal wieder nicht aufgeschrieben!
Und was soll ich euch sagen: Jaaahre später – ich denk, ich seh nicht recht – ist das Ding verfilmt worden!!!
Da muss ich mit dem David Cameron damals mal bei nem Bier im Nebensatz drüber gesprochen haben – und der hat nichts Besseres zu tun, als den di Caprio und die Winslet zu fragen, ob sie da Bock drauf hätten.
Das hätte ich dir auch sagen können, dass das ein Riesenabräumer wird. Wie gesagt, ich hatte die Geschichte nur komplett wieder vergessen!
So blöd ist man manchmal! Deshalb mein dringender Appell an Sie: Schreiben Sie sich alles auf! Sie können's ja hinterher immer noch wegschmeißen. Aber erst mal ham Sie's.
Und zu früh *wegwerfen*, das sollten Sie sich auch klemmen.
Sagt Ihnen der Titel »Casablanca« was? Sehense.
Ich will jetzt nicht mehr länger in meinen alten Wunden rumstochern, ich glaub, Sie haben auch begriffen, worum's mir geht.

Aus Fehlern wird man klug, heißt es ja. Bei mir hat das dazu geführt, dass ich gar nicht mehr so viel nachdenke, aus lauter Panik, mir könnte nochmal so ein Erfolgsknüller einfallen und dann passiert damit wieder irgendwas: Ich schreib's auf, aber tu es ins Altpapier.

Oder ich gebe es statt dem Lottoschein ab. Doppelte Scheiße: an sechs Richtigen vorbeischrappen und das Konzept von Forrest Gump im Papierkorb des Büdchenbesitzers.

Nee, nee, behalten Sie die Nerven! Der ist nicht von mir. Aber da hätte ich durchaus auch drauf kommen können. Man muss nur irgendwie den Anfang haben. In der Regel läuft der Rest dann ganz von selber. Bis auf manchmal. Das sind die Fälle, wo man über den Anfang nicht hinauskommt. Das hat man auch oft.

Ich habe zum Beispiel schon ewig so eine Idee im Schreibtisch, da wacht ein Typ morgens auf, guckt an sich runter und ist plötzlich ein Käfer.

Und ab hier fehlt mir jede Fantasie, wie es weitergehen könnte.

Manchmal möchte ich die Brocken hinschmeißen, so schwer ist das!

Können Sie mir echt glauben. Auch wenn ich immer so fröhlich wirke, seien Sie sich da mal nicht so sicher. Dahinter steckt immer ein kluger Kopf. ... Hä? Wie komm ich denn da jetzt drauf? Ich wollte was ganz anderes sagen.

Ach so, dass dahinter manchmal eine ganz Unfröhliche steckt; in der Handtasche, die sie bei sich führt, ein paar Brocken, die sie in den nächsten Alt-Brocken-Container hinschmeißen möchte (»werfen« würde hier viel besser passen, aber es heißt nun mal »Brocken hinschmeißen«). *Das* wollte ich sagen.

Und dass in solchen Momenten natürlich weit und breit kein Container steht und man sich deshalb die Arme bis auf den Boden schleppt. Dann sieht man, wie auf der Straße die Leute die Köpfe zusammenstecken und sagen: »Ist das nicht die Barbara Schöneberger? Die hatte ich mir viel hübscher vorgestellt!« Das ärgert einen dann für die Barbara Schöneberger, weil die bestimmt nicht mit einem verwechselt werden möchte. Es ist ja immer viel besser, wenn man einfach ich ist. Also, nicht ich, sondern du selbst.

Das wäre sowieso mein nächster Rat an Sie gewesen: Seien Sie einfach du selbst. Dafür darf man natürlich nicht mit sich selber auf Kriegsfuß stehen und mit dem Du ein Problem haben. Sie müssen schon so weit mit sich versöhnt sein, dass Sie durchaus auch schon mal zu sich sagen: »*Du* bist mir vielleicht eine/einer!«

Zu viele Selbstgespräche sollten Sie dann aber auch wieder nicht führen. Das könnte leicht missverstanden werden und Sie müssten Ihre schöne Wohnung aufgeben. Dann würden Sie in so Dingern wohnen, die am Haupteingang einen Namen stehen hätten wie *Haus Elisabeth* oder *Haus Robbi, Tobbi und das Fliewatüüt.*

Das geht manchmal ganz schnell.

Manchmal geht das aber auch superlangsam oder passiert nie. Da können Sie noch viel schlimmere Sachen machen, als bloß zu viele Selbstgespräche führen. Sie werden zum Beispiel *nicht* fremduntergebracht, wenn Sie 3 Wochen lang Achterbahn fahren mit der Begründung: »Das ist meine Art, Abenteuer zu erleben.«

So ein lustiges Kerlchen kommt ins Guinness-Buch der Rekorde.

Fragen Sie mich nicht, wie da genau die Unterscheidungskriterien sind. *Ich* hätte dem Achterbahnfahrer ein schö-

nes Zimmer in einem der beiden oben genannten Häuser vermittelt, verbunden mit der Hoffnung, dass er sich da hübsch integriert unter Anleitung von Fachkräften.
Tja, so kannste irren.
Wieso komme ich eigentlich nicht ins Guinness-Buch der Rekorde, weil ich zum Beispiel gerne Martin Suter und Wolf Haas lese? Aber das ist ja auch blöd für so einen Leser vom Guinness-Buch, da steht auf einmal zwischen so aufregenden Nachrichten von seit 8 Jahren ausschließlich popelfressenden Automechanikern oder 40 Tage barfüßig schlafenden Ordensschwestern die Mitteilung, dass Cordula Stratmann gerne Martin Suter und Wolf Haas liest. Aber immerhin habe ich von *beiden* Autoren bereits *mehrere* Bücher verschlungen. Danach hatte ich längere Zeit große Probleme mit der Verdauung, weil ich nicht darauf geachtet hatte, genug zu trinken während der ganzen Aktion. Aber mir liegt es nicht, da so ein großes Aufheben von zu machen. Ich finde es grundsätzlich angebrachter, seine etwas ausgefalleneren Schrullen mehr für sich zu pflegen. Muss doch nicht jeder mitkriegen. Mir persönlich wäre das irgendwie unangenehm, wenn ich plötzlich in einem Buch aufgezählt würde, bloß weil ich mal ein halbes Jahr auf einer Zwölferbahn gefahren bin. Ohne was an. Ohne Telefon. Keiner wusste, wo ich war. Und ich behaupte mal, dass da doch einiges mehr zu gehört als bei so einer Achterbahn.
Im Moment plane ich einen längeren Aufenthalt in der Küche. Ich werde mir ein Brot machen und es innerhalb weniger Minuten aufgegessen haben. Das mach ich schon mal. Das ist meine Art, Abenteuer zu erleben.
Hoffentlich komm ich da heil wieder raus. Das ist es nämlich: dieser Kitzel, dieses wahnsinnige Kribbeln, wenn das Adrenalin dich überschwemmt!

Und wenn ich mich danach wieder an den Schreibtisch setze, werde ich eine andere sein.
Das ist natürlich jedes Mal mit großem Aufwand verbunden. Wie ich dann heißen werde, weiß ich noch nicht, jedenfalls werde ich hier ausziehen müssen, denn hier wohnt Cordula Stratmann mit ihrem Mann.
Mal sehen, wo ich was Neues finde.
Ich möchte auf keinen Fall in die Schweiz.
Da habe ich aus Versehen mal übernachtet und wie ich am nächsten Morgen wach werde, verstellt mir so ein Riesenoschi von Berg die Sicht! Da werde ich ja fuchsig!
Man konnte *nicht* erkennen, welches Wetter war! Es war BERG!
Und dann geben die Leute dieser verkrüppelten Steinmasse auch noch *Namen*! Großkotzner oder wie der hieß.
Der Berg kann ja noch am wenigsten dafür. Der steht da rum und ist nicht mal gefragt worden, ob er sich von seinem Leben vielleicht was ganz anderes erhofft hat. Ich bin mir sogar sicher, dass der sich weiß Gott eine schönere Gegend ausgesucht hätte und wenn es nach ihm gegangen wäre, wäre er auch nur ein hübscher bewiester Hügel geworden und nicht so ein unfreundlich aus dem Fell guckender Klotz. Und der kommt da ja auch nicht weg. Wahrscheinlich sieht der so stocksauer aus, weil den ganzen Tag Leute auf ihm rumkraxeln, die was von »majestätisch« blubbern und ihm dabei die höllischsten Rückenschmerzen ins Gewebe trampeln.
Ach, was ist der Mensch doch für ein grausames Wesen!
Da hat, wie soeben von mir logisch hergeleitet, so ein Berg also die Arschkarte und die Menschen bauen auch noch Hotels auf ihm, vor ihm, neben ihm. Sodass er immer schön von uns angegafft werden kann, wann immer wir

wollen. Nicht, dass sich der Berg mal rächt und zurückgafft!
Wir haben diese Erde von unseren Kindern nur geborgt! Das darf man nicht vergessen.
Hä? Was machen denn dann kinderlose Paare? Auf wessen Boden bauen die ihr Haus, auf wessen Kissen betten die ihr Haupt? Wer hat von ihren Tellerchen gegessen? Und was ist mit den Messerchen? Und warum hat Großmutter so große Zähne? Und wieso sind die von Frau Mira lose?
Da kannste doch drüber verrückt werden, welche Fragen dieses Leben einem andauernd wieder vor einem auftürmt!
Immer in den Momenten, wo man meint, haah, jetzt hab ich aber mal alles fein aufm Röllchen, dann schlägt der Fragepeter zu. Ich kenn den persönlich auch nicht und Nachnamen oder so – keine Ahnung.
Jedenfalls ist der das Arschloch, was immer so viel von einem wissen will.
Der *hält* sich ja dran! Auch wenn Sie sich zwischendurch mal fragen, wo hab ich denn jetzt meinen Schlüssel hingetan? Alles der Fragepeter.
Jetzt aber mal eine Frage von mir höchstpersönlich:
Haben Sie sich auch schon mal gefragt, warum einem manche Begriffe im Eifer des Gefechts so schnell nicht einfallen, das Wort »dingens« aber *immer* parat ist? *Das* hab ich noch nie vergessen. Jederzeit bin ich in der Lage, für das abhanden gekommene Wort »dingens« einzusetzen.
Das möchte ich wirklich mal wissen. Falls Sie die Antwort kennen, schreiben Sie sie mir bitte an meinen Verlag!
Aber nicht, dass jetzt jeder Nullblicker mir so Briefe schreibt wie: »Es könnte ja vielleicht …« oder »Ich hab mir überlegt, dass …«

Nein! Mir schweben hier eher Zuschriften von 1-a-Neurologen oder sonst welchen Profi-Hirnfritzen vor. Ich will es wirklich wissen. Das ist kein Spiel, Kinder!

Und jetzt mach ich mal grade dingens.

...

Wie das dann so ist: Aus dingens wurde dann noch Dingenskirchen und dann war ich auch noch zwischendurch in der Stadt. Letztendlich hab ich auch was gefunden. Aber war nicht einfach. Ich hatte mir zwei Stunden Zeit genommen, in denen ich in *einem* Geschäft möglichst große (todschicke) Beute machen wollte, damit ich in den folgenden Monaten erst mal wieder Ruhe hab mit dem Einkaufen.

Ich also hochkonzentriert durch den ganzen Laden. Dabei zur Anprobe geeignete Einzelteile auf den (linken) Arm türmend. An der jeweils nächsten Station rutscht die ganze Scheiße natürlich j – e – d – e – s M – a – l ! runter und ich latsche mit beiden Füßen drüber, weil ich ja die Klamotten auf dem Arm beim Inspizieren der nächsten schon wieder total vergessen hatte. Es gibt halt in den Läden definitiv zu viel Auswahl, was *absolute* Konzentration *im Einzelnen* verlangt und die Gesamtkoordination natürlich zu spüren kriegt. Sie gerät zum Stiefkind.

Nach circa 30 Minuten Ankunft an der Umkleidekabine, mittlerweile wird das Material von beiden Armen gehalten, zuzüglich der unter dem Kinn klemmenden Teile.

Angestrengt den Blick hebend (Kinn bleibt unten), entdecke ich ein Schild:

In der Kabine bis zu 3 Teile

WIE BITTE??!!!

Ich soll jetzt also auf die Schnelle 52 durch 3 teilen und *vierzehnmal* mit der gestressten Verkäuferin kommuni-

zieren, die mir immer wieder neue 3er-Päckchen aushändigen soll?! Weil der Bekleidungskonzern, bei dem ich mich gerade als interessierte Konsumentin zeige, aber auf ausreichendes Personal verzichtet (weil doch sonst die Jahresbilanz *derart* in den Keller geht, da kann sich doch so ein kleines Haus wie ZARA überhaupt nicht mehr halten!!!) und das verbleibende mit Schweißperlen auf der Stirn das Chaos verwaltet, stehe ich vor einer Servicekraft, die vom Service so weit entfernt ist wie ich vom Erwerb der ausgesuchten Kleidungsstücke.
Das *kann* man so machen. Man *kann* den Kunden so mürbe machen, dass er sein System umstellt und dann nur noch beim Otto-Versand einkauft. Natürlich.
Ich versteh das auch. Ehrlich.
Guck mal, das ist das Gleiche wie bei BASF, die müssen auch oft nach einem super Geschäftsjahr mit großer Gewinnsteigerung eine Menge Leute entlassen, weil sie *nur so* ir – gend – wie drauf *hoffen* können, dass sie im kommenden Jahr *nochmal* doppelt so viel steigern. Und steigern *müssen* die ja. Glaub ich. Und zwar einmal die Bilanz und gleichzeitig die Kündigungen. Da stecken ja wahnsinnig kluge Köpfe hinter. Das ist wirklich ein unheimlich sauschwerer Job, wenn du mal oben in so einer Konzernleitung bist. Was meinst du, was denen das voll an die Nieren geht, wenn die da ihren Mitarbeitern den Stuhl vor die Tür stellen *müssen*.
Das machen die nicht gerne. Die machen das so ungern wie ich Schuheputzen. Muss halt gemacht werden. Und danach gönne ich mir immer was Gutes. Ein Glas Schampus oder so. Machen die bestimmt auch. Sonst hälst du so einen Job auch nicht durch.
Wie ich Schuheputzen. Baah, Schuheputzen! So eine Scheiße. Genauso wie Kühlschrankauswaschen. Das sind

doch bloß alles Sachen, um uns fertig zu machen. So penetrant, wie die sind. Du sollst ja immer und immer wieder Schuheputzen und Kühlschrankauswaschen.
Scheiße, jetzt hab ich mir selber ein Ei gelegt. Minimum 81% meiner Leserschaft hat gerade kreidebleich das Buch weggeschleudert und sich sofort ans Schuheputzen und/oder Kühlschrankauswaschen gemacht. Wie oft am Tag sag allein ich mir »Du musst auf jeden Fall dran denken, noch die Schuhe zu putzen/den Kühlschrank auszuwaschen.« Und wie oft liege ich dann nachts im Bett und wälze mich in schlechten Träumen von miesen Schlampen, die alles verkommen lassen.
Heute nicht. Heute habe ich wirklich an alles gedacht. Auch mal an mich selbst. Da habe ich gedacht, na, Cordula, wie geht's denn so, du musst aber auch mal an die andern denken.
Da hab ich dann auch noch an Michaela, Birgit, Stefan, Claudia, Jochen und Mathias gedacht. Das sind längst noch nicht alle, aber mehr war in dem Moment einfach nicht drin. Ach so, an den Michael hab ich auch noch gedacht. Den vergesse ich immer.
Vielleicht, weil ich meine, dass der es nicht so nötig hat. Der denkt so viel selber an sich, da hätte ich fast schon Angst, dass dem das lästig wird, wenn ich auch noch an ihn denke.
Es ist halt unheimlich kompliziert so mit den Menschen. Wie du's machst, machst du's verkehrt. Und auf die Treffer zwischendurch ist dann auch schon wieder einer neidisch.
Ich sagte neidisch, nicht eifersüchtig. Obacht!
Das kann mich immer wahnsinnig machen, wenn Wörter falsch benutzt werden. Ich habe mich dann nicht unter Kontrolle, ich muss dann sofort klugscheißen und

denjenigen berichtigen. Eifersüchtig ist man auf *jemanden* und neidisch auf *etwas*. Also: Berta ist neidisch auf den Erfolg von Gisela, und Donata ist eifersüchtig auf Brunhilde. Wobei sie wiederum auf deren Namensgebung lediglich *neidisch*, nicht aber *eifersüchtig* sein kann. Klar?

Und wenn zwei *das Gleiche* tun, ist es noch lange nicht *dasselbe*. Auch klar?

Das hat meine Mutter mir schon quasi mit der Muttermilch eingeflößt. Ich weiß noch, wie ich auf dem Wickeltisch vor ihr lag und sie mir deutlich zu verstehen gab: »Das Gleiche *gleicht* etwas anderem, *dasselbe* aber gibt es nur *einmal*.«

So kam es, dass ich schon in der Grundschule meinem Lehrer klar machen musste, dass er *eifersüchtig* auf unsern Rektor war, weil der sich seine Frau klargemacht hatte, aber *neidisch* auf dessen Posten. Daraufhin bin ich aus der Klasse geflogen. Aber noch heute halte ich es so, dass ich es einfacher finde, wenn man die Dinge ganz klar beim Namen nennt.

Und was man mit der Schulbildung von 2 Grundschuljahren so alles auf die Beine stellen kann, ist ja wohl auch nicht zu verachten.

Ich hab dann nämlich auf der Nachbargrundschule ein fantastisches 3. Schuljahr hingelegt und derart angespornt weitergemacht bis zum Abi. Dann noch eine grundsolide Ausbildung obendrauf und fertig war die Laube.

Soll mal einer was sagen.

Also, wenn mich einer nicht mag, dann kann er auf keinen Fall sagen: »Die hat ja nichts gelernt.«

Dann mag er vielleicht meine, sagen wir mal, Schuhe nicht, aber da muss ich Ihnen Recht geben. Jetzt, wo Sie ausgerechnet meine Schuhe ansprechen. Ich bin da oft

auch nicht zufrieden mit. Ich weiß es auch nicht, beim Schuhekaufen … Da hab ich irgendwie nicht das richtige Händchen für. Vielleicht ist das ja auch schon direkt das Problem. Da brauchst du ja eher Füßchen.
Mag sein, dass ich also nicht die richtigen Füßchen hab. Zum Schuhekaufen.
Na, *das* klingt aber blöd! Das hab ich ja noch nie gehört! Man sagt doch eher: Auf jeden Pott passt ein Deckel, und bisher war ich immer stillschweigend davon ausgegangen, dass man diese Redewendung auch in der Schuhbranche anwendet, da halt in leicht abgewandelter Form: An jeden Fuß passt ein Schuh.
Um ganz ehrlich zu sein, hab ich bis hierher aber noch nie mal so *richtig* darüber nachgedacht.
Jetzt bin ich total am Grübeln. Hoffentlich fang ich jetzt nicht auch noch das Nägelkauen an. Das sieht vielleicht scheiße aus, an den Füßen die verkehrten Schuhe und obenrum abgefressene Fingernägel.
Das hat man ja auch oft: Du laborierst gerade an einem Problem rum und kriegst – zack – das zweite an die Backe.
Probleme sind wie Schmeißfliegen. Es gab sie schon vor dir und es wird sie immer geben. Ich sag mal so: Man sollte eigentlich davon *ausgehen*, dass man *irgendein* Problem immer hat, dann ist man insgesamt entspannter und fühlt sich nicht so auf den Schlips getreten. Und wenn es eins gibt, was Probleme wirklich hassen, dann ist es unsere Entspanntheit.
Das stört die in ihrer Entfaltung. Tatsache.
Hab ich schon beobachtet.
Bei mir war das mal ein Problem, was ich mit der verdammten Bettwäsche hatte. Ich hab mich immer wahnsinnig darüber aufgeregt, wie schnell die miefig wird. Stock-

sauer lag ich im Bett und fühlte mich regelrecht verarscht, denn *ich* hatte sie noch vollkommen duftig bezogen. Was dann folgte, war jedes Mal der reinste Horror. Nach 3 Wochen musste ich stets auf dem Wohnzimmersofa schlafen, weil es einfach nicht mehr auszuhalten war. Aber *ich* wollte bestimmen, wann es in *meinem* Haus frische Bettwäsche gab. Bis ich dann nach Jahren ständiger Schlechtschlafphasen und deutlich abgemagert erkannte, dass es diese Bettwäsche doch drauf anlegt, mich in die Knie zu zwingen. Da hab ich das Ruder rumgerissen. Ich habe gedacht, es muss Schluss sein damit, dass dich diese bescheuerte Bettwäsche, einen IQ wie eine Mikrofaser, derart aus der Fassung bringen kann! Und heutzutage lasse ich mich einfach nicht mehr von ihr provozieren. Ich warte nicht mehr darauf, dass die Bettwäsche zum Schlag ausholt. Ich beziehe das Bett, *bevor* sie sich auch nur muckst. Das hat mich gerettet. Bei mir zu Hause ist wieder Frieden eingekehrt.
Ich hab zwar im Moment noch eine kleine Auseinandersetzung mit den Arschgeigen von Handtüchern im Bad, aber das wird schon wieder. Grundsätzlich bin ich guter Dinge, dass wir auch da eine Lösung finden werden.

Im Grunde genommen wollen die andern einem oft ja gar nichts. Das meint man häufig nur. Und hinterher war mal wieder alles nur halb so schlimm. Dann fragt man sich, worüber hast du dich eigentlich so tierisch aufgeregt? Deine Probleme möchte ich haben.
Diesen Satz sollten Sie allerdings nie wirklich als ein Angebot von Ihrem Gegenüber verstehen! Seien Sie vorsichtig: Der tut nix, der will nur zanken!
Wenn Sie dem nämlich daraufhin flugs Ihre Probleme an den Hals binden, dann rennt der als Erstes zu den Nach-

barn und redet schlecht über Sie. Sie würden einem ja nur Probleme machen und so'n Zeugs. Und Sie wundern sich, warum Sie plötzlich auf der Straße nicht mehr gegrüßt werden.
Aber eins kann man sich immer merken: Leute, die einen plötzlich nicht mehr grüßen, sind grundsätzlich so beschmiert, dass man *froh* sein kann um die Zeitersparnis, die sie einem mit ihrer Grußverweigerung gönnen.
Herrlich! Die wollen einen ärgern und man geht ungebrochen vergnügt an ihnen vorbei und freut sich an dem Vorteil, den sie einem schaffen! Man müsste sie eigentlich auf der Straße sofort anfallen, feucht abknutschen und ihnen das strahlendste, dankbarste Lächeln schenken. Und dann schickt man ihnen durch Fleurop täglich *eine* Nelke (gelb) mit einem kleinen Grußkärtchen: *Ein kleines Dankeschön für Sie! Herzlichst, Ihre Cordula Stratmann*
Und wenn sie dann eines Tages zermürbt aus dieser Straße weggezogen sind, ändert man den Fleuropauftrag an ihre neue Adresse mit den Worten:
Wir vermissen Sie hier alle sehr und wünschen Ihnen das Allerbeste! Herzlichst, Ihre Cordula Stratmann und 25 weitere Unterschriften mit 25 Nelken (gelb).
Irgendwann grüßen die wahrscheinlich im In- und Ausland verzweifelt *jeden* und hören *nie mehr* auf bösen Tratsch von Nachbarn. Außerdem betreiben sie eine Nelkenfarm (gelb), mit der sie über die Landesgrenzen hinaus bekannt werden. Deren Erlös wird größtenteils in die Stiftung »Vertragt euch!« gesteckt, gegründet für Menschen, die mit der Nachbarschaft im Rechtsstreit liegen.

Sehen Sie, meine Damen und Herren, das Zusammenleben funktioniert eben nach dem Grundsatz: Wer poppe will, muss fründlich sin.

Aber wer grade nicht poppen will, muss auch nicht unbedingt unfreundlich sein. Es reicht vollkommen, wenn man dem Anbieter freundlich, aber bestimmt mitteilt: »Nein danke, ich bin an einer Popperei mit dir/Ihnen derzeit nicht interessiert.« Mit der Einschränkung *derzeit* halten Sie sich dann noch alle Optionen offen, was manchmal sinnvoll sein kann, denn das Leben ist ja ein Prozess. Das *derzeit* weglassen und ersetzen durch ein *grundsätzlich* rate ich allerdings in den Fällen, in denen Sie sicher sind, dass es Ihrerseits zu keinerlei Veränderung in Ihrem Entschluss kommen wird.

So. Jetzt habe ich zwar schonungslos offen über Poppen und so geschrieben, aber ich glaube nicht, dass das gilt für eine richtige Sex-Szene in diesem Buch mit allem Zipp und Zapp.

Jetzt bin ich etwas ratlos. Wie soll ich es denn anstellen? *Gerade* Sex ist ja sehr geschmäcklerisch. Der eine mag es gern ein bisschen härter, ein anderer liebt es eher ein bisschen hmhmhm, ein Dritter macht es immer nur mit ..., wo nur eine Treppe weiter einer sagt: »Pfui Teufel! Was für eine Schweinerei! Ich wüsste noch nicht mal, wo man so was kaufen kann!« Und da soll ausgerechnet ich jetzt einen Treffer landen mit einer punktgenauen Sex-Szene?! Da kommst du als Autor nie auf einen grünen Zweig.

Das kann man zum Beispiel feststellen, wenn man mal *Emanuelle* liest, da lachst du dich doch krank! Von wegen erotische Literatur. Kicher, kicher, japs, japs!

Und das könnte ich nicht ertragen, Leser! Wenn Sie über dieses Buch lachen würden! Ich schreie gerade auf vor Schmerzen nur bei der *Vorstellung*, Sie säßen daheim in Ihrem Lesesessel, mein Buch in der Hand, und würden, anstatt sich Notizen für den nächsten Literaturkreis zu machen, *lachen*!

Sicher, manchmal drücke ich mich vielleicht etwas unglücklich aus, aber alles, was Sie hier lesen, ist auf einer beinahe metaphysischen Ebene sauernst. Super-supermega-sauernst. Das merken Sie schon daran, dass ich, seit ich dieses Buch begonnen habe, un – heim – lich nachdenklich geworden bin. Ich lache nur noch selten. Ja, das ist so. Das Lachen geht mir nicht mehr so leicht von der Hand. Es will besser überprüft sein. Die Unbefangenheit, die mich bis ins Erwachsenenalter ausmachte, ist einer kritischen Distanz gewichen.
Ja, da staunen Sie, was? Schreiben *Sie* mal so ein Buch. Da kommen Sie aber ganz schön ins Grübeln. Wo Sie früher noch fröhlich übers Pflaster gehüpft sind, gehen Sie heute schweren Schrittes mit gebeugtem Kopf und immer: tierisch am Nachdenken.
Wobei mich das ab meinem 35. Geburtstag eh selber gestört hat, wenn ich über irgendwelche Pflaster gehüpft bin. Ich fand das einfach meinem Alter absolut nicht mehr angemessen. Aber wie das so ist: Da haste dir mal so eine Marotte angewöhnt und dann davon wieder runterzukommen ist unheimlich schwer. Heutzutage fehlt mir das Hüpfen manchmal. Ganz unvermittelt. Mitten am Tag. Da gibt es immer noch Momente, da würd ich wahnsinnig gerne – zwar nur kurz, aber immerhin – hüpfen.
Ich sag mir dann immer, ist doch tröstlich, dass ich noch nicht *all* meine alten Impulse aufgegeben habe. Wo ich schon nicht mehr groß mit Freunden rausgehe. So was ist halt alles nicht mehr drin, wenn du ein Buchprojekt am Laufen hast. Und was hatten wir früher für einen Spaß! Himmel, Arsch und Zwirn! Haben wir gelacht!
Aber nicht nur mir ist das Lachen vergangen. Gerade vor ein paar Tagen meinte die Petra noch zu mir: »Hör mal,

das mit der Birgit find ich aber echt nicht mehr zum Lachen.«
Da möchte ich jetzt nicht näher drauf eingehen, weil da auch noch der Dirk mit dranhängt und die Britta – auweia, jaaa, die Britta! Die hat so richtig die Arschkarte!

Sind irgendwie blöde Zeiten im Moment. Echt.
Ich denk dabei besonders an die, die es im Moment nicht so leicht haben.
Möbelpacker, Getränkelieferanten, Bühnenbauer.
O Gott, wie gruselig! Ich muss mich vor mir selber schütteln! *Das* ist also aus meinem Humor geworden! KALAUER! KA – LAU – ER!! Ich fasse es nicht!
Und ich nehme es niemandem übel, wenn er jetzt zutiefst erschüttert seine Theaterkarten zurück- und den Plan aufgibt, sich mein Bühnenprogramm einmal live anzusehen. Unter diesen Umständen nimmt auch jedes *seriöse* Haus die Karten anstandslos zurück und lässt Sie zum Trost noch in die Bonbon-Trommel mit Pulmoll greifen.
Tja. Dieser Fauxpas in Zeile 10 dieser Seite erzwingt ja wohl meinen Rücktritt als Komikerin. Ich bin auf diesem Stuhl nicht mehr zu halten. Und ich kleb auch nicht dran.
Mehrere große Männer der Politik sind wegen deutlich geringerer Vergehen zurückgetreten. Worum ging das beim Gysi nochmal? War der nicht auf einer Kirmes *extra* auf den Autoscooter von einem draufgefahren, den er, wie sich später herausstellte, auch noch kannte, sodass man davon ausgehen *musste*, dass die zwei gemeinsame Sache gemacht haben?
Leck mich am Arsch, der traut sich aber auch was!
Und die Spitze dessen ist ja noch, dass der, das möchte ich fast schwören, den Kirmesbesuch mit UNSEREN STEUERGELDERN!!! finanziert hat.

Ich werd verrückt, was ist das korrupt, wo du auch hinguckst! Und ich mittendrin!
Sie auch! Meinen Sie mal nicht, dass Sie da besser bei wegkommen als ich. Wir müssen doch alle den Gürtel und so weiter.
Sie wissen wahrscheinlich auch, dass konsequenterweise jetzt ein Sermon folgen müsste über die »kleinen Leute«.
Nee, nee, meine Lieben, *das* kriegen Sie nicht von mir.
Aus dem einfachen Grund, weil das zu gar nichts führt.
Oder befindet sich unter Ihnen jemand, dessen Horizont erweitert werden konnte dadurch, dass ein Hans Wurst aus Darmstadt bei einer Straßenumfrage dem Reporter seine Ahnungslosigkeit in Großformat in die Kamera stammelt: »Ääh, nää, isch find des net gut mit dene ganse Steuä un des. Abbä is ja wie immä, es trifft ma widdä nur den kleine Mann. Des is ja ma widdä typisch für unsere Herren Politikä!«
Danke schön, Herr Wurst, und gestatten Sie noch eine zweite Frage: Wer ist denn derzeit Bundeskanzler?
»Ääh, Bundeskanzler? Der Jauch?«
Jawoll!
Das Peinigende an diesem Gespräch beginnt ja schon mit dem »Reporter«, der sich nicht zu schade dafür ist, auf der Straße allem, was sich bewegt, das Mikro unter die Nase zu halten und bescheuerte Fragen zu stellen.
Wieso hab ich eigentlich noch nie erlebt, dass so'n Befragter dem Mikro-Willi sagt: »Ach, wissen Sie, die steigenden Benzinpreise hängen ja wiederum mit der durchaus sinnvollen Ökosteuer zusammen und der ganze Kontext ist so kompliziert, dass es mir da leider an Detailwissen fehlt. Deshalb möchte ich mich hier dazu gar nicht weiter äußern, bevor ich mich nicht besser informiert habe. Und ich glaube auch nicht, dass Sie so schnell hier jemanden

finden, der Ihnen das richtig auseinander setzen kann. Da müssen Sie schon die Leute fragen, die sich wirklich damit auskennen.«
Jetzt hab ich mich schön reingesteigert. Ist Temperamentssache.

Da gibt's noch so'n paar Themen, da könnt ich schön vom Leder ziehen.
Aber fällt mir gerade keins ein. Das hab ich so geregelt bei mir. Ich bin total vergesslich, damit ich nicht so oft schlechte Laune hab.
Aber Vorsicht! In ausgewählten Fällen bin ich ein Elefant und vergesse *nie*!
Wer zum Beispiel versucht, mir *hinten* an den Haaren zu ziehen, brennt sich auf immer negativ in mein Gedächtnis. Wer was will, muss mir schon am Pony kommen. Und wenn Sie sehen, dass ich gerade gar keinen trage, dann lassen Sie auch das besser sein.

Kinder! Wie die Zeit vergeht! Jetzt hab ich bestimmt schon 2 Wochen nicht an diesem Buch weitergeschrieben. 2 Wochen! Lauter andere Sachen gemacht! Und ich hab es nicht mal gemerkt! Das ist ja das Verrückte! Aber wem erzähl ich das. Sie kennen das ja. Man ist ja nur noch der Büttel seines Terminkalenders. Da darf man sich ruhig mal fragen, wer hier eigentlich das Heft in der Hand hat. Und was für ein Heft überhaupt. Kriegt man das automatisch zugeschickt oder muss man das beantragen? Ist das Ländersache oder kommunal?

Eine noch bedeutendere Frage ist die, warum immer *ich* im Kino neben den Idioten der Stadt sitze. Neben den Autobahnmittelstreifenfahrern.

Frisch erlebt darf ich Ihnen folgende Episode schildern: Erwartungsvoll betreten wir den Kinosaal, nehmen in einer Reihe Platz neben einigen anderen Menschen, von denen ich zu diesem Zeitpunkt noch dachte, dass sie sich hier auch einfach nur einen Film ansehen wollen.
Das sollte sich als fataler Irrtum herausstellen.
Es gibt eine erstaunlich große Anzahl Menschen, denen es auf die Dauer mit sich selbst im eigenen Wohnzimmer zu langweilig ist und die dann leider häufig öffentliche Räume aufsuchen.
Solche Menschen sitzen bevorzugt auf dem Platz neben mir im Kino.
Die beiden Exemplare, für die ich hier um Ihr Mitleid und Verständnis werben möchte, waren circa 40 Jahre alt, nicht 4, aber ebenso wenig wie kleine Menschlein von 4 Jahren in der Lage, für die Dauer eines Films ohne Überlänge einmal ruhig AUF IHREM ARSCH! (Entschuldigung – ich brülle schon wieder) zu verharren.
Die aufgeweckte Dame neben mir nestelte im Rhythmus von wenigen Minuten an ihrer Tasche, die auf dem Platz zwischen uns sich wahrscheinlich auch danach sehnte, endlich mal in Ruhe gelassen zu werden. Soweit ich das erkennen konnte, waren das Weintrauben, die sie für sich und ihren Mann liebevoll in eine dieser DÜNNEN PLASTIKTÜTEN! ('tschuldigung), die so fein rascheln, eingepackt hatte. Tüte aus Tasche auf Schoß (raschel) – reingreifen (raschel) – Weintraube raus (raschel) – eine für den Schatz – eine selber (raschelraschel) – Tüte zurück in Tasche (raschel) – 5 Minuten Pause – Wiederholung – nach ca. 40 Minuten wende ich mich zerrüttet an die Dame mit den Worten: »Würden Sie das jetzt bitte mal sein lassen?«
Und was glauben Sie, was die Dame darauf geistesgegenwärtig auf Lager hat?

Nein, nicht ein betretenes »Oh, ich bin aber auch saublöd, entschuldigen Sie!«.
Die Dame setzt den typischen Zickenalarm-Zankmich-doch-Blick auf und fragt: »Wieso?«
WIESO?! WIE BITTE???!!! Ja, wie soll ich Ihnen das jetzt erklären?! Das ist seeehr kompliziert. Ich versuch's mal:
»Ich würde gern diesen Film sehen und SIE TERRORISIEREN DIE UMLIEGENDEN 2 REIHEN MIT HAMPELN UND RASCHELN!!!«
Liebe Leserschaft, halten Sie mich für was Sie wollen, aber für diese Leute hätte ich gerne immer faule Eier (7 Minuten) in der Tasche und dann würde ich sie gern zwingen, die vor meinen Augen AUFZUESSEN!
Was weckt in einem diesen Ehrgeiz, anderen fremden Leuten, die ohne Verschulden in die Nähe geraten, aufzudrängen, dass man als menschgewordene Zumutung auf diese Welt kam?!
Noch was von der Meckerfront? Bitte schön, ich gebe gern:
Was ich nämlich auch überhaupt nicht leiden kann, ist, wenn in einer Schlange stehend mein Hintermann an meinen Hacken andockt und mir in den Nacken atmet, bis sich Kondenswasser in meinem Kragen bildet.
Ebenso unbeliebt machte sich bei mir die nächste Dame:
Es regnet. Die Menschen suchen Zuflucht unter dem Dach, das der Verkehrsverein eigens für solche Fälle an der Bushaltestelle angebracht hat.
Nun stehen wir da. Männlein und Weiblein, Kinder und Alte, Schwarze und Weiße, Wange an Wange.
Und was macht die Dame, die sich mit einem 12-Tonner von Rollkoffer zu uns unter das Trockenheit vorgaukelnde Dach drängt?

SIE ZÜNDET SICH EINE ZIGARETTE AN!!!
Ein Raunen geht durch meine Leserschaft: »Das mag ich fast nicht glauben!«, will man mir zurufen.
Doch, ich hab es mit eigenen Augen gesehen!
Solang ich noch gucken konnte. Als meine Augen dann auch noch zu tränen begannen, sprach ich die Raucherin, die privat bestimmt eine tolle Mutter, beste Freundin, sorgende Tochter und eine Granate im Bett ist, an, ob sie bitte ihre Zigarette so halten könne, dass mir der Rauch nicht direkt ins Auge zieht.
Verständlicherweise zog ich mir damit ihren Ärger zu und musste mich von oben bis unten mustern lassen. Natürlich musste sie sich ein Bild machen, wer sie da so distanzlos von der Seite anquatscht. Schließlich waren wir uns noch nie begegnet. Und ich hatte mich blöderweise auch nicht anständig vorgestellt. Ich hatte einfach drauflosgequatscht! Und ich roch bestimmt auch total unangenehm nach Nikotin aus ihrer Zigarette.
Sie war dann so großzügig und hat ihre R1 nach unten gehalten. Ich wollte dann aber nicht nochmal so eine peinliche Nummer abziehen und ihr sagen, dass sie mir gerade ein winzig kleines Loch mit ihrer Glut in meinen Mantel brennt. Wirklich winzig klein. Wenn man es nicht weiß, sieht man es gar nicht. Mich wurmt die Stelle im Mantel zwar immer ein bisschen, aber mein Mann hat Recht. Aus so Sachen muss man kein dickes Ding machen und vor das Loch kann ich ja einfach demnächst meine Tasche halten.
Hier raucht und kokelt jemand, dort raschelt einer. Da muss man auch schon mal 5 gerade sein lassen. Oder direkt 10.
Das würde ich gern können. Ich bin da manchmal so kleinlich. Ich trau mich das kaum zu sagen, aber es kann

echt passieren, dass ich knatschig werde, wenn einer die Kippe vor der Tür wegwirft, aber *in* der Bahn auspustet. Da rege ich mich schon wieder drüber auf. Dann sag ich mir selbst ganz oft, jetzt nimmt der die Kippe schon nicht mit rein, *obwohl* der beim Rauchen *mittendrin* war, als die Scheißbahn kam, aber nein, Cordula ist *noch* nicht zufrieden.
Was ich auch zum Kotzen an mir finde, ist, wenn während der Zugfahrt der im Großraumwaggon vor mir Sitzende sich die ganze Kopfhaut runterknibbelt und entweder auffrisst oder weiß ich auch nicht, was der damit macht. Und warum der das macht. Und warum mich das so ekelt. Manchmal hab ich für mich selber nur noch ein Kopfschütteln übrig.
Da fällt mir selbst nichts mehr zu ein.
Genau wie jetzt. Wenn Sie mich *jetzt* nach einer meiner auffälligsten Eigenschaften fragen würden, ich könnte nicht *eine* nennen. Fragen Sie mich lieber morgen nochmal danach. Da werde ich Ihnen dann sicher wieder damit kommen, dass ich ja so unheimlich … (fällt mir gerade nicht ein) bin.

Oh. Is schon zwölf vorbei?
Dann isses wieder Zeit für die Horoskope.
Also: Steinbock 22.12.–20.1.
Wassermann 21.1.–19.2.
Fische 20.2.–20.3.
Widder 21.3.–20.4.
Stier 21.4.–20.5.
Zwillinge 21.5.–21.6.
Krebs 22.6.–22.7.
Löwe 23.7.–23.8.
Jungfrau 24.8.–23.9.

Waage 24.9.–23.10.
Skorpion 24.10.–22.11.
Schütze 23.11.–21.12.
Steinbock 22.12.–20.1.
Wassermann 21.1.–19.2.
Fische 20.2.–20.3.

Müsste jetzt eigentlich klar geworden sein. Das geht dann immer so weiter. Jetzt kommt halt wieder der Widder, dann der Stier, die Zwillinge danach, der Krebs, Löwe, Jungfrau, dann wieder die Waage, Skorpion, zum Schluss immer der Schütze.

Und dann wieder: Steinbock, Wassermann, Fische ...

Das heißt: Es fängt *immer* an mit dem Steinbock, in der Mitte haste irgendwann die Jungfrau und zum Schluss *immer, immer* den Schützen.

Capito? Die ganze Chose dauert jeweils einen Monat – zack – kommt der Nächste dran. Ist eigentlich ganz einfach. Muss man sich nicht groß bange vor machen. Irgendwann rafft das wirklich jeder.

Man *meint* immer nur huuh, Horoskope! Entweder sind sie unseriös oder eine unheimlich komplizierte Sache. Und wenn man sich nur mal damit befasst, merkt man, Horoskope – das ist eine ganz solide, einfache Angelegenheit.

Wie mit so vielen Sachen. Was *hat* man nicht schon für ein albernes Theater gemacht um dieses Abseits. Seit Jahren wird in jeder Talkshow mit der Frage rumgelangweilt: Herr Enzensberger, erklären Sie den Zuschauern doch mal bitte Abseits! Und dann wird gefeixt und geeiert – ujujuj, dieses kleine Biest von Abseits, *keiner* kann dieses Mysterium erklären! Aber dann immer behaupten, Lothar Matthäus sei strohdoof! Der soll was wissen, was Enzensberger nicht schnallt??!!

Also bitte, und jetzt merkt es euch mal:
Abseits ist, wenn in *dem* Moment, wo der blaue Spieler gegen den Ball tritt, sein blauer Kollege schon vor dem roten Tor steht, ohne dass da noch ein roter Spieler zwischen ihm und dem roten Tormann steht.
Is doch puppig!
Das *Problem* beim Abseits ist, dass das ein Linienrichter so gut wie nie erkennt. Dafür müsste er nämlich *gleichzeitig* in zwei Richtungen gucken können. Er muss nämlich zum Beispiel links von sich den abspielenden Blauen sehen und *währenddessen* rechts von sich den anderen Blauen als letzten Spieler vor dem roten Tormann.
Jawoll, Leute, *das* könnte mal ein Moderator in der Talkshow fragen, wie *das* denn bitte gehen soll.

Jetzt mal was ganz anderes.
Ich war im letzten Oktober für ein paar Tage in Washington. Fragen Sie mich bitte nicht, wie die auf mich kommen, aber sie hatten sich halt meinen Besuch gewünscht, dass ich mal mit dem Herrn Busch rede. Der hätte sich da so'n bisschen verrannt mit dem Irak und so und mit Schröder, da wär irgendwas gewesen, auf den hätte er im Moment wohl gar keinen Bock, jedenfalls wäre Herr Busch zurzeit so richtig Scheiße drauf, der käm auf die bestusstesten Ideen und ob ich nicht mal …
Ich hab mich dann mit ein paar Leuten dort verabredet, weil ich dachte, wenn bei unserem ersten Date noch ein paar Amerikaner dabei sind, dann geht ihm vielleicht nicht so der Arsch auf Grundeis vor dem Gespräch. Von mir hatte er bis dahin ja nur erzählt bekommen, dass ich ganz schön frech werden kann, wenn's um Krieg geht und so.

Wir haben uns dann vorher in einem Park getroffen,

um von da aus zusammen zu Herrn Busch zu gehen.

Irgendwie hatte er aber wohl den Termin verhuddelt oder vielleicht einfach Fracksausen davor, jedenfalls: Herr Busch machte die Tür nicht auf.

Tja, nun saß ich da.

Dann fiel mir wieder ein, dass der Rumsfeld und die ganzen Jungs sich ja schon so rotzig dem Struck gegenüber benommen hatten und dass der Fischer ja auch, außer beim Powell, keinen Termin bei Herrn Busch gekriegt hatte.
Da bin ich dann nochmal so richtig sauer geworden.
Hab ich mich aufgeregt! Hat nicht viel gefehlt und ich hätte ihm ein paar gelangt. Herr Busch konnte wirklich froh sein, dass er nicht in meiner Nähe war.
Ich war so in Rage, ich hätte auch *Frau* Busch übers Knie gelegt, aber die war mit weg.
Irgendwie gewann ich sowieso immer mehr den Eindruck, mit dem Land, da stimmt doch was nicht. Ich hab mich dann nämlich mal ein bisschen umgeguckt und ...

... nachdem ich mich erst mal ordentlich kaputtgelacht hatte, fiel mir auf, dass *das tatsächlich* die dortigen Ordnungshüter sind, andere hab ich nämlich gar keine mehr gefunden. Die sahen *alle* so aus!

Ich weiß nicht, ob Sie das jetzt so schön erkennen können, wie ich es live gesehen hab: Die *posen* und du siehst ihnen die Anstrengung an, dabei *ungepost* auszusehen. Also, die konnten *beim* Für-uns-Position-Einnehmen uns total ignorieren!

Kennen Sie das? Sie gucken einen an und der reißt sich den Arsch auf, völlig unbeteiligt zu tun, während er *nur für Sie* versucht, eine *irrsinnig* gute Figur zu machen. Da zerreißt's mich dann immer. Kann ich nix für. Das passiert von ganz allein: Ich ramme den Umstehenden meinen Ellbogen in die Rippen und brülle: »Guck mal, der da!«

Aber im vorliegenden Fall hab ich mich wie durch ein Wunder beherrscht, wahrscheinlich weil ich dachte, von so einem Cowboy möchtest du nicht gerne mit auf die Wache genommen werden. Wie mögen die *da* erst aussehen!

Ich vermute, die treten bei Dienstantritt erst mal ihre Tür ein.

Ja, der Amerikaner …
Im Film isser ja oft ganz lustig, aber in echt … Bisschen tumb.
CORDULA! Wie oft hab ich mir schon gesagt, lass diese verdammten Verallgemeinerungen! Abscheulich ist so was! Verallgemeinerungen sind was für dumme Leute! Nur wer doof ist, schert alles über einen Kamm.
*Mo*ment mal!
Lesen Sie oben nochmal nach. Was steht da?
Ich zitiere: Ja, *der* Amerikaner. Und jetzt nachzählen! Wie viele sind das? Aha. Na also.
Was motz ich mich denn dann so an?! Guck doch erst mal hin, Cordula, bevor du mich zusammenscheißt!

Mannomannomann! Hier herrscht ja ein Ton!
Da können Sie mal sehen, liebe Leser, unter welchen Bedingungen ich dieses Buch schreibe. Hier wird ziemlich Druck gemacht. Ich hoffe, mir gelingt es halbwegs, das von Ihnen fern zu halten. Sie sollen ganz einfach nur ein schönes Leseerlebnis haben und ich möchte *auf keinen Fall*, dass Sie auch nur im Geringsten in diese häufig doch sehr hässlichen Auseinandersetzungen mit hineingezogen werden. Ja, hier wird mit harten Bandagen gekämpft.
Das können Sie sich mal grundsätzlich merken: Was so locker und leicht daherkommt, ist in aller Regel unter Schweiß und Tränen entstanden.
So hart das klingt. Und wenn Sie dann keinen haben, der es auch mal einfach nur gut mit Ihnen meint, dann aber Nacht, Johanna!
So ein Buch schreiben, zum Beispiel, müssen Sie sich vorstellen wie ständig Herbst:

Wer jetzt kein Haus hat, baut sich keines mehr
Wer jetzt allein ist, wird es lange bleiben
Wird wachen, lesen, lange Briefe schreiben
Und wird in den Alleen, hin und her
Unruhig wandern, wenn die Blätter treiben

Leck mich am Arsch, ist das schön geworden! Ich wollte Ihnen eigentlich nur mal schnell meine Stimmung beschreiben! Toll! Manchmal hat man echt einen guten Lauf. Ich glaub, die Zeilen koppel ich aus und gebe sie als Gedicht heraus.

Oder? Finden Sie das öde, weil ja auch schon so viele andere über den Herbst geschrieben haben?

Ich zögere gerade. Einerseits finde ich die Zeilen einen echten Volltreffer, andererseits seh ich die Verlage schon abwinken: »Das kriegen wir nicht verkauft, Frau Stratmann, das ist viel zu nah an längst erschienenen Gedichten.«

Aber ich kann ja eigentlich nichts falsch machen. Sollen die mir erst mal zeigen, was sie denn meinen. Und *dann* weitersehen.

Nicht immer schon von vornherein klein beigeben.

Andererseits muss ich an dieser Stelle dringend anmerken, dass ich Leute vollkommen beschissen finde, die nie klein beigeben können.

So ein Möllemann zum Beispiel. Wer hat diesem Mann eigentlich Manieren beigebracht?!

Meine Damen und Herren, erwarten Sie nicht, dass die nächsten Zeilen Sie amüsieren! Dazu sind die gar nicht da. Der Frau Stratmann ist es todernst.

Ich finde jeden zum Kotzen, der sich nicht entschuldigen kann. Was ist denn da los, wo jeder, der in der Öffentlichkeit steht, sich benehmen kann wie ein kackender Hund

und das Einzige, was er der Nation dazu mitzuteilen hat, ist: »Ich stehe dazu!«
WIE BITTE?! Kann ich mal bitte das Herrchen sprechen?!
Das ist wohl das neue deutsche Selbstbewusstsein: null Schamgefühl und das Maul ganz weit aufreißen, den Fehler lustvoll wiederholen und dazu den Begriff *freies Land* missbrauchen, in dem schließlich jeder machen kann, was er will.
Und man hört tatsächlich von anderen: »Der steht wenigstens zu dem, was er macht.«
HÄ? Das reicht?!
So. Jetzt nochmal auf den Alltag übersetzt: In der Straßenbahn terrorisiert A den Rest mit einem sehr lauten (zwischendurch Funklöcher) Telefonat. Dufte an ihm ist, dass er das nicht irgendwie verschämt macht, sondern dazu steht. B ist davon so genervt, dass er A nach einer Weile, total ehrlich, aufs Maul haut. Das entsprach seinem momentanen Gefühl, und dazu steht er.
Alle Mitreisenden fühlen sich sowohl mit A wie auch mit B solidarisch und heben in ihren Seitengesprächen hervor, dass sie an beiden bewundern, wie sie zu dem stehen, was sie tun. Die Reisenden C bis Z bedauern die eigene Feigheit, die sie daran hindert, sich so etwas selbst zu trauen. Man ist sich einig und träumt gemeinsam von dem Mut, stets zu tun, was der noch so unterentwickelte Instinkt einem empfiehlt.
Würg!, sagt nun mein ungeneigter Leser/meine ungeneigte Leserin. Was ist die Stratmann moralisch! Die meint wohl noch, dass ihre moralinsauren, beleidigten Ausführungen jemanden interessieren.
Hierzu muss ich Ihnen ganz ehrlich sagen: Ich stehe dazu. Zumindest auf *einem* Bein. Also, so ganz toll finde ich

diesen Zug an mir auch nicht. Da muss ich Ihnen zähneknirschend Recht geben.
Ich werd dann so furchtbar unsouverän. So aufgeregt. Haben Sie in so einer Situation schon mal meine Stimme gehört? Überschlägt sich. Voll peinlich.
Deshalb hatte ich gedacht, schreibstes mal auf. Dann hört wenigstens keiner zu.
Und mein Blick wird dann auch immer so ein bisschen irre.
Als ich mich das letzte Mal so aufgeregt hab, da kam auch noch so ein ganz mysteriöser Summton hinzu. Aus der Nase. Mit dem Mund hab ich gesprochen und aus der Nase gesummt. Das stört natürlich total die Aufmerksamkeit.
Da hatte ich mich gerade vehement darüber ausgelassen, *wie* beschissen ich Leute ohne Schamgefühl finde und wenn die sich nicht entschuldigen können und so. War ziemlich wichtig, was ich zu sagen hatte. Plötzlich summt meine Nase.
War für den Veranstalter natürlich alles total blöde.
Erst unterbreche ich mein Bühnenprogramm, weil im Publikum einer ans Handy geht und ich dadurch, voll in Rage, darüber rede, *wie* Scheiße ich Leute ohne jedes Schamgefühl finde und dass sich ja auch nur noch die wenigsten mal entschuldigen können, und ich geh gerade von der Bühne runter, um dem Handyfritzen meinen Mikrofonständer auf dem Kopf zu zertrümmern, da fängt meine Nase an zu summen.
Der Typ in der Technik hat natürlich auch voll die Panik gekriegt. Der hat mir dann irgendwann den Saft abgedreht und Musik eingespielt.
Auf *die* Entschuldigung warte ich heute noch.

Was mir neben so vielem anderen ständig Kopfzerbrechen macht, ist: Was singen eigentlich *finnische* Singvögel?
Von den deutschen kennt man das ja: piep, piep, piep.
Schön und gut. Aber wie läuft das bei den Finnen?
Und wenn die in den Süden fliegen, ich vermute, Afrika, können die denn Afrikanisch? Wie kommen die denn zurecht?
Da macht sich kein Mensch mal einen Kopf drum. Das ärgert mich ein bisschen.
Frag das mal deine engsten Freunde! Da guckst du aber in leere Gesichter. Durch die Bank.
Hab noch keinen getroffen, der da gesagt hat »Mensch, geht dir das auch so? Ich hab da schon *so* oft drüber nachgedacht, manchmal schlaf ich darüber nachts nicht ein, will dann aber meine Frau nicht schon wieder wecken, weil die froh ist, dass sie gerade mal weggenickt ist. Über dem ganzen Stapel Ornithologie-Bücher.«
Ach ja.
Genauso geht es mir mit Mücken.
Die sind ja wohl vollkommen bescheuert.
Im Sommer ist es ihnen draußen zu heiß. Dann kommen haufenweise schwitzende Mücken zu uns ins Zimmer, warten auf nachts und stechen uns. Mich. Meistens mich.
Dann wird es Herbst und nun isses den Damen und Herren plötzlich zu kalt.
Lauter frierende, mit den Zähnen klappernde Mücken kommen bevorzugt in unser Schlafzimmer und, dazu ist es ihnen nie zu kalt, stechen uns in der Nacht. Mich.
Was muss man sich in Deutschland eigentlich noch alles bieten lassen?
Irgendwann finde ich nochmal eine Spinne bei uns im Zimmer.

Dann ist endgültig Feierabend. Dann verlasse ich dieses Land. Dann geh ich nach Amerika. Ich wollte sowieso nochmal mit Herrn Busch reden. *Der* macht ja Sachen. Und die Amerikaner machen dem auch noch den Weg frei. Erst wird er gar nicht gewählt, ist nicht so schlimm, dann wird er halt einfach so Präsident und 2½ Jahre später geben sie ihm beim Cowboyspielen grünes Licht, indem sie den Republikanern bei der amerikanischen Bundestagswahl die meisten Stimmen geben. Wie *die* drauf sind!
Da bleibste lieber hier.
Und wischst mal den Kühlschrank feucht aus.
Schmeckt nämlich alles nach Appenzeller. Obwohl gar keiner mehr drin ist.
Wahrscheinlich weil die alte Feige in der Tür den Geruch angenommen hat. Die ist auch schon bisschen zerlaufen. Sieht ulkig aus. Wie eine brütende Henne. Nach unten hin so breit und sapschig. Ganz rund hatte ich die eingekauft. Wollte ich mit gebackenem Ziegenkäse machen.
Weil ich das unheimlich gerne esse.
Es wäre unsinnig, wenn ich für Nierchen einkaufen würde, weil ich *überhaupt* keine Innereien esse. Grundsätzlich nicht. Krieg ich nicht runter. Ganz anders ist das bei Rheinischem Sauerbraten mit Klößen, *selbst gemachtem* Apfelmus *und* Rotkohl, natürlich auch selbst gemacht. Das hau ich mir mit beiden Händen rein.
Spargel auch. Nur grünen nicht. Den halte ich ja für total überschätzt. Brauchste mir nicht vorsetzen. Oder sagen wir mal so: Wenn du mich zum Essen einlädst und machst als Beilage grünen Spargel, werde ich deine Erwartung, dass ich *gerade* den grünen Spargel ja so schmackhaft finde, *nicht* erfüllen können. Ich esse ihn zwar, aber weil er halt gerade da ist, Punkt.
Da bin ich völlig unromantisch.

Ich glaube, ich bin sowieso eher unromantisch. Extrem sentimental, aber romantisch eher nicht. Halten Sie mich ruhig für arrogant, wenn ich behaupte, dass Sentimentalität wahrscheinlich die intelligente Form von Romantik ist.
Ich kann sofort mitheulen, wenn einem Kind das Eis auf die Straße fällt, und bin bereit, mich mit der Mutter zu prügeln, wenn die sagt: »Stell dich nicht so an.«
Ich kann auch einen goldroten Abendhimmel überwältigend finden.
Aber sobald ich wittere, dass der zu romantischen Zwecken genutzt werden soll, muss ich lachen. Also, wenn mein Mann mich genau in diesem Abendhimmel auch noch, gut getimet, küssen will, legt's mi nieda.
Jetzt sagen Sie, jaja, bei ihrem Mann, den kennt sie ja auch schon so lang! Gut, dann nehmen wir Al Pacino. Also, folgende Szenerie: Al Pacino, Abendhimmel, und er nähert sich mir mit diesem speziellen Was-für-ein-Abendhimmel-und-was-für-eine-Frau-Ausdruck im Gesicht. Sein Blick wird wässrig, der Kopf wird schief gelegt und ich müsste passen.
Ich glaube, Romantiker sind immer eher in die Situation verliebt – und in sich, weil sie so romantisch sind. Die finden sich selbst in solchen Momenten noch toller als ihr Gegenüber.
Jetzt schreit nicht alle entrüstet hier rum, weil ich am Mythos der Romantik rüttele! Achtet mal lieber bei nächster Gelegenheit drauf! Ihr werdet noch an mich denken, wenn euer neuer Lover *vor* dem Küssen noch eine Kerze anzündet. Und dann geht mal nicht direkt ab wie ein Zäpfchen, weil er so süß ist, sondern guckt in seine Augen und dann verlest euch nicht!! Da steht deutlich: Bin ich nicht toll so mit Kerze und so?

Wenn ich selbst in solche durchsichtigen Manöver komme – zack – muss ich lachen.

Ich lach überhaupt ganz gerne.
Wenn mir nicht irgendwas wie schlechte Laune dazwischenkommt.
Am liebsten lache ich zwar über selbst gemachte Witze, aber es gibt auch welche aus der Dose, da brauchst du gar nicht mehr groß was dran machen:
»Ich hätt gern Rosen.«
»Lange?«
»Wie? Vermieten Sie auch?«
Ich kann's nicht erklären, aber find ich komisch.
Das Problem an dem Witz ist nur, dass er für meinen Geschmack zu früh aufhört.
Jetzt nicht inhaltlich, da ist ja alles gesagt, ich meine allein die Dauer. Aber es heißt ja schon immer, wenn es am schönsten ist, soll man aufhören.
Dann muss man eben recht zügig einen nächsten hinterherschicken.
»Wie kommt es, dass Sie in München geboren sind?«
»Nun, meine Mutter wollte mich in ihrer Nähe haben.«
Der ist noch'n Tacken besser.
Die Protagonisten fassen sich auch hier sehr kurz, was dem Witz gut, der Beziehung eher schlecht tut.
Die Antwort ist sehr gründlich und das Interesse des Fragenden damit auch erschöpft.
Über jemanden, der aus München kommt, möchte der Rheinländer aber sowieso nicht groß was wissen.
Das sieht man ja schon, wie die da drauf sind. Ich will jetzt nicht meckern, aber die Antwort des obigen Münchners ist ja wohl etwas patzig. Da braucht er sich nicht wundern, wenn er im Rheinland so schlecht Anschluss findet.

Und wieder eine Party allein rumgestanden! Und das im Rheinland!
Das muss man erst mal hinkriegen! Da kann der Münchner fast schon wieder stolz drauf sein. Im Rheinland muss man ja sogar für die Schlange an der Kasse deutlich mehr Zeit mitbringen als woanders, weil es ständig sein kann, dass irgendeiner sich mit der Kassiererin festquatscht. Das ist hier eben so. Hier kriegst du nicht deine Ware über den Scanner gezogen, ohne dass die Kassiererin sich mit dir freut: »Aah, *die* Slipeinlagen sind die besten! Die hab ich auch! Alles andere rutscht dir nur in der Hose rum. Ich hab se alle ausprobiert!«

Was macht eigentlich ein Krimiautor, wenn der am Schluss des Buches den Täter immer noch nicht hat?
Der Verlag lebt ja in dem Glauben, einen fertigen, gelösten Kriminalfall herauszugeben, und zwar pünktlich.
Mit dem Autor möchte ich aber nicht tauschen. Da geht es mir ja noch ganz gut. Ich hab zwar auch keine Ahnung, wie ich das hier mal zu Ende bringen soll, aber ich muss nicht auch noch 'nen Fall lösen.
Ach du Scheiße! Da hab ich noch nie drüber nachgedacht!
Was der Autor für einen *Riesen*druck hat!
Klar kann der, wenn er merkt, jetzt wird's eng, wahrscheinlich die Polizei einschalten, die dann mit ihrer Erfahrung das Ding vorantreibt, aber der muss ja tierisch aufpassen, dass er nicht dafür noch selbst in den Knast wandert wegen Verarschung der Staatsgewalt. Ist ja alles nur erfunden. Und wenn die *da*hinter kommen, dann sieht's aber richtig Scheiße für ihn aus.
Dann braucht der einen guten Anwalt und das kostet natürlich.

Und wovon, bitte schön, soll der arme Autor das bezahlen, wenn eventuell sogar noch der Verlag von der Veröffentlichung des Krimis absieht?!
Aber – ich mein – da wär der Verlag doch schön blöd. So eine Presse kriegt der für das Buch doch nie wieder!
So funktioniert das ja. Die Leute reißen sich gegenseitig das Buch aus der Hand, wenn dazu noch in der Zeitung steht, dass der Autor demnächst verknackt wird und dass der zusätzlich noch eine Schwester hat, die auf den Strich geht oder aufm Schlauch steht (hahahaha!! Mittendrin mal einen kleinen Gag reißen, das frischt die ganze Sache auf!).
Die Michelle, die Schlagersängerin, die hat das mal genau erklärt:
Wenn von ihr eine neue CD rauskommt, dann wird überlegt, was haben wir für eine schöne Geschichte drum rum, zum Beispiel eine beschissene Kindheit oder was frisch Verliebtes oder so, und weil sie bei der letzten CD nichts Neues hatte außer einem Tattoo an einer Stelle, wo es keiner sieht, weiß das jetzt halt jeder. Wenn sie nicht in *dem* Moment auch noch die CD rausgebracht hätte, dann hätte sie das Tattoo heute noch einfach nur für sich. Heimlich.
Auch blöd. Dafür isses dann doch zu teuer. Finde ich.
Andererseits … man muss sich doch auch mal richtig fett was gönnen zwischendurch. Nicht immer nur ein Snickers oder Mars. Ruhig mal im großen Stil. Einfach mal ein Tattoo oder neue Küchenstühle.
Im Moment sieht es bei mir so aus, dass ich das Erscheinen meines Buches wahrscheinlich promote mit einem ziemlich frechen Tattoo auf der Milz. Wird in Richtung Tierbild gehen. Aber mehr verrate ich nicht.
Tja, liebe Leute, wenn ihr von der ersten Auflage noch ein Exemplar abkriegen wollt, dann geht schon mal zu eurem Buchladen!

Obwohl, das ist jetzt Blödsinn. Sie haben das Buch ja gerade in der Hand. Sie waren also schon so clever, sich sofort eins zu besorgen. Aber wie sag ich das denn jetzt denen, die ich meine?
Da muss ich wohl an die Presse gehen. Aber ich hab grad keine schöne Geschichte für drumrum.
Absolut nichts.
Weil ich so stinkelangweilig bin.
Das ist mir schon oft an mir aufgefallen: *wie* langweilig ich bin.
Wenn ich zum Beispiel müde bin, geh ich am liebsten ins Bett.
Nix Kokain oder so. Schmeckt mir einfach nicht, das Zeug.
Oder Ecstasy. Krieg ich Aufstoßen von.
Und dann kann ich nicht einschlafen.
Aber immer, wenn ich müde bin, will ich eben schlafen. Einfallslos, ich weiß, aber was soll ich machen? Und alles, was mich dann am Schlafen hindert, eine Party beispielsweise, macht mir schlechte Laune. Wenn ich genug hab, muss ich sofort reagieren, sonst krieg ich noch schlechtere Laune und dann noch ziemlichen Ärger mit mir.
Aber die anderen lassen mich irgendwie auch nicht. Was *haben* mich schon Leute doof angeguckt, wenn ich um 3.30 h zum Gastgeber gegangen bin und gesagt hab: »Ich bin müde. Ich geh jetzt nach Hause.«
»Mit dir ist wohl auch nix mehr los!«, riefen sie dann im Chor.
So was ist immer wahnsinnig peinlich, wenn du von den größten Stimmungskanonen der Stadt als der Megalangweiler enttarnt wirst!
Die haben dann, als ich weg war, natürlich noch die Riesensause gemacht.

Der Jochen muss wohl ein ziemliches Theater abgezogen haben, weil seine Jutta zu viel mit dem Axel getanzt hat, die Claudia hat, das macht sie auf jeder Party, um 4.00 Uhr das Klo voll gekotzt. Der Frieder kam vom Jim Beam irgendwann wieder so scheiße drauf, dass er sich dann tierisch mit Jochen, Markus, Reiner und Piet angelegt hat, die den ganzen Abend wieder nur vom Job geredet haben. Und Karin war mal wieder so dermaßen solo, dass sie vor lauter Druck fast noch den hackevollen Harry mit nach Hause genommen hätte. Aber dadrüber ist die Jeanette natürlich völlig ausgerastet, als sie die beiden im Flur angetroffen hat.

Wenn du mich fragst, muss ich allerdings sagen, da versteh ich die Jeanette nicht. Auf dem Weg wär sie den Harry wunderbar losgeworden.

Aber sie hat ja auch vorher schon jede Gelegenheit ignoriert.

Sie gehört zu den Frauen, die lieber langfristig unter dem schlechten Benehmen ihres Kerls leiden, dann ist nämlich klar, wovon ihre Falten kommen. *Er* ist schuld. *Sie* hat ihn sich zwar ausgesucht, aber das führt jetzt zu weit.

Das ist eine ziemlich clevere Angelegenheit: Wenn du mit einem Idioten zusammenlebst, dann braucht sich keiner mehr groß zu fragen, warum du immer so am Leben leidest. Kein Wunder – bei *dem* Mann! Wie die *das* aushält!

Bis deine Freundinnen dahinter gekommen sind, dass du keinerlei kritisches Nachfragen gestattest, weil *er* ja schließlich *viel* mehr kaputtmacht (DICH!), leidest du schon unter dem Nächsten.

Damit kriegt man wunderbar das Leben rum! Die Zeit verfliegt nur so.

Und du hast das gute Gefühl, wer das Leben an der Seite *dieses* Mannes aushält, der braucht vor nichts mehr Angst

zu haben! Der kann Plutonium zu Mittag speisen. Unbesiegbar.
Das ist auch der Grund für die vielen Anzeigen in der Rubrik »Wiedersehen«, wo man herauslesen kann, wie wunderbar quälend die Verbindung gewesen sein muss, der sie nun in der Zeitung nachtrauert.
»Mein geliebt. Schnurrbär H.! Warum verleugn. du dich am Telefon? Warum kommen all meine Briefe zur.? Warum lässt du dich nicht endl. scheiden?! Du hast es mir verspro.!! Diese Sit. ist unwürdig und grausam. Warum tust du mir das an?? Ich werde dich immer l.! Dein blondes weiches Ersatzteilchen (das hast du immer ges.!)«
»Gel. Käpt'n Blaubär! Warum bist du neul. ohne ein Wort abgeh.? Ich weiß nicht mehr, was ich noch tun kann! Lass es mich wissen! Sprich wieder mit mir! Wo bist du überhaupt? Deine todunglückliche Biene Maja«
Ich vermute, dass diese Damen sich so sehr an ihre Grusel-Beziehungen gewöhnt haben, dass sie sich nun natürlich ungern so plötzlich ein schönes Leben machen möchten. Ansonsten könnte man ja froh sein über die freien Kapazitäten, die man gewonnen hat, wenn ein Egomane, um den man zu lange gekreist ist, das Haus verlässt.

So. Liebe Leute. Ihr merkt das ja beim Lesen nicht so, aber ich hatte für ein paar Wochen das Schreiben unterbrochen, weil ich mich erst mal um dieses völlig auf den Hund gekommene Land kümmern musste.
Es geht ja im Moment *dermaßen* bergab, da hab ich mir gesagt: Was kannst du tun?
Vor meiner Haustür liegen verarmte deutsche Firmeninhaber und sobald ich das Haus verlasse, wimmern sie, dankbar um jeden Brotkrumen, den ich von meinem

Frühstückstisch extra für sie in ein Tütchen gepackt habe.
Bis vor wenigen Monaten waren das noch erfolgreiche Geschäftsmänner, die das große Rad gedreht haben. Hätten sie doch niemals in die Zeitung geguckt!
Da stand in dicken Lettern, wie uns die Regierung wider besseres Wissen heruntergewirtschaftet hat und dass wir armen deutschen Menschlein in eine rabenschwarze Zukunft gehen. Nichts wird mehr so sein, wie es einmal war. Diese Männer vor meiner Tür (*noch* habe ich ein Dach über dem Kopf) lasen diese Nachrichten und dann ging unaufhaltsam der Verfall los: Durch den drohenden Wegfall der Eigenheimzulage brachen ihre ständigen Kosten über ihnen zusammen. Die Vermögenssteuer vor den Augen, konnten sie ihren Drittwagen nicht mehr finanzieren und es sieht so aus, als könnten sie sich auf Dauer dieses ausbeuterische System, in dem wir hier leben, nicht mehr leisten: Über kurz oder lang werden sie das Land verlassen müssen.
Liebe Leser, ich habe in den letzten Wochen Verarmungsschicksale gehört, dass ich mich nachts nur noch in den Schlaf weinen konnte!
Und ich hatte das Gefühl: Cordula! Tu etwas!
Und dann fiel mir ein, dass wir Deutschen ja unheimlich viel Kohle nach Afghanistan gespendet haben, als es denen mal so schlecht ging. Und ich dachte, wenn man da jetzt eine große Samstagabendshow produziert mit einer Spendenhotline, mit Bildern aus unserem Land, wo das letzte Weihnachtsgeschäft so schlecht lief, weil man sich natürlich ohne Geld nur noch halb so viele Geschmacklosigkeiten schenken kann, mit der Bitte, uns *etwas* von den Mitteln, die damals geflossen sind, wieder zurückzugeben, da können die doch nicht Nein sagen! Die wissen

doch, wie scheiße man sich fühlt, wenn man nichts mehr hat.
Man müsste sowieso mal überprüfen, ob das ganze Geld von uns nicht eh nur geliehen war. Würde mich mal interessieren.
Ich weiß jetzt gar nicht, ob die da so welche haben wie unseren Gottschalk oder die gläserne Uschi, unsere Leute für den guten Zweck.
Wie machen die da in Afghanistan eigentlich ihre Samstagabendshows?
Na ja, wenn sie nicht die richtigen Leute haben, dann fliegen wir sie ihnen halt da runter. Dann machen wir denen einen Flieger voll mit Marie-Luise Marjan, Olli Geissen, Mike Krüger, dem Jauch, dann noch welche dabei, die dazu singen: die Dingens Connor und Orange oder Zitrone Blue. Was brauchen wir noch? So'n Sportler wär auch nicht schlecht. Dann können die mal sehen, was bei uns alles drin war, als noch genug Vitamine im Land waren.
Dann lassen wir die Franzi durch was durchschwimmen und der Kahn fängt Kokosnüsse auf. Ach nee, das wär ja weiter südlich.
Nehmen wir halt noch ein paar Bälle mit dahin. Dürfen wir bloß nicht da liegen lassen! Ich weiß nicht, wie lange überhaupt noch Bälle hier im Land produziert werden können.
Ich muss mal den Ivan Rebroff fragen, ob er Lust hat, zusammen mit der Jeanette Biedermann ein Duett zu singen, ich glaub, dann spenden die Afghanen wie verrückt. Und die Nina Ruge macht nochmal ihre Tigernummer aus »Stars in der Manege«, danach müsste eigentlich direkt wieder ein Aufschwung in Deutschland zu spüren sein.

Wenn *das* nicht hilft, dann weiß ich langsam auch nicht mehr weiter.
Jetzt, wo sie auch noch die berittene Polizei abschaffen wollen.
Da hat mich ja wirklich beinahe der Schlag getroffen: Eines Morgens muss ich in der Zeitung lesen, dass in Nordrhein-Westfalen den Polizisten die Pferde unterm Arsch weggekürzt werden sollen!
Gut, das Land muss sparen, aber müssen es denn ausgerechnet die Polizeipferde sein? Kann man da nicht *erst mal* woanders gucken, zum Bespiel öffentliche Verkehrsmittel abschaffen, hat doch eh jeder 'n Auto, was weiß ich?
Wie oft hab ich abends, wenn in den Nachrichten wieder die schlimmsten Meldungen aus aller Welt gesendet wurden, zu meinem Mann gesagt: »Schatz, ich bete nur zum lieben Gott, dass man uns die Pferde bei der Polizei noch lässt!«
Und nun ist alles am Ende. Die Pferde werden abgeschafft und ich habe wirklich keine Idee mehr, wie es hier weitergehen soll.
Schluss damit, dass ich mal wieder mit dem Wagen rechts ranfahren muss, weil zwei Polizisten im Einsatz auf ihren Pferden mit 180 Sachen und »lalülala!« brüllend an mir vorbeimüssen. Ende mit den Reitern auf der Autobahn, die dort einen Unfall aufnehmen. Das wird es alles nicht mehr geben.
Da kann ich es *absolut* nachvollziehen, dass immer mehr gut ausgebildete Leute aus Deutschland weggehen, weil sie hier einfach keine Perspektiven mehr für sich sehen.
Beruhigt hat mich die Meldung, dass es *sofort* Protestaktionen gegeben hat. Es hat Demonstrationen gegeben von Betroffenen, hoch zu Ross, in Uniform. Richtig so. Den Politikern muss vom Volk einfach unmissverständ-

lich klar gemacht werden, dass es eine funktionierende Polizei im Jahre 2003 ohne Pferd einfach nicht geben kann. Ohne Pardon.
Da soll nochmal jemand behaupten, die Menschen heutzutage wären alle so unpolitisch geworden! Das stimmt ja gar nicht!
Ständig gehen im Moment Leute auf die Straßen und demonstrieren, bis der Arzt kommt.
Kurz vor Weihnachten geriet ich plötzlich auch in so eine überwältigende Massenbewegung: Da muss es wirklich um *richtig* was gegangen sein, vielleicht ja nochmal um Pferde, weil, es waren *alle* auf den Beinen. Es war in der Fußgängerzone und zu dem Zweck hatten auch alle Geschäfte geöffnet. Da war nicht ein einziger Laden verbarrikadiert, wie ich das noch von den Feiglingen aus den 80ern kenne. Das war einfach eine friedliche Demo mit Hunderttausenden von Leuten und nochmal so vielen Tüten. Irre, wie so ein Frust über die falschen Sparmaßnahmen der Politiker ein ganzes Land bündeln kann und alle machen mit! Toll!

Aber sagt man ja auch: In der Not rücken die Menschen zusammen.
Wer sich das wohl mal ausgedacht hat! War bestimmt ganz früher der Kaiser oder so was. Sonst würden sich da auf keinen Fall so viele dran halten.
Wenn das irgendein Heiopei mal gesagt hätte, da hätte sich noch nicht mal einer nach umgedreht. Da bin ich mir aber ganz sicher.
Ich bin nur froh, dass der nicht gesagt hat, in der Not rennen die Menschen auseinander. Dann hätte es bis heute nicht *eine* Demonstration gegeben, wo sie alle zusammen auf die Straße laufen.

Aber war der auch derselbe, der gesagt hat, in der Not frisst der Teufel Fliegen?
Wen wollte er denn damit beeindrucken? Der Klugscheißer.
Wieso erzählt der überhaupt so einen Quatsch, nachdem er sich vorher ja recht sinnvoll geäußert hatte?
Und angenommen, es war der Kaiser, der das behauptet hat, was soll ein Volk mit so einer Äußerung anfangen?
Welche Konsequenzen erwachsen daraus?
Dass in Notzeiten die Fliegen knapp werden?
Interessiert Sie das überhaupt?
Ich glaube, ich hab mich etwas vergaloppiert.
Bitte sehen Sie mir das nach. Ich weiß auch nicht, welcher Teufel mich da geritten hat. – Jetzt geht das schon wieder los mit diesem behämmerten Teufel!
Entschuldigen Sie, wenn ich mich da in Ihren Augen in etwas hineinsteigere, aber mich regt so was auf: Zuerst frisst er uns in der Not die ganzen Fliegen weg und dann reitet er *auf mir*!!
WAS SOLL DAS?!
Ich mach mal eine kleine Pause. Vielleicht bin ich auch nur unterzuckert.

Ich hab in der Zwischenzeit mal ein bisschen nachgedacht.
Und dabei rausgekommen ist: nix.
Das ist ja immer wieder total enttäuschend: Oft hat man ja die Zeit nicht zum Nachdenken und dann *hat* man sie mal, baut eine Riesenerwartungshaltung auf und: nichts. Gar nichts.
Ich könnte Ihnen noch nicht mal sagen, was ich eben gemacht habe. Nur so viel, dass ich das für Nachdenken gehalten habe und völlig desillusioniert daraus hervorgehe mit dem Ergebnis, dass das *überhaupt* nichts gebracht hat.

In der Zeit hätte ich dann wirklich besser an diesem Buch hier weitergeschrieben. Da hab ich nämlich weiß Gott keine Zeit zu verschenken.
Aber wenn ich das jetzt richtig zurückverfolge, war das Buch der eigentliche Grund, warum ich mich mal zum Nachdenken zurückgezogen hatte.
Ich wollte mir nämlich darüber klar werden, was ich Ihnen auf den folgenden Seiten noch so anbieten könnte.
Und da ich ja jetzt völlig ergebnislos wieder an meinem Computer Platz genommen habe, wird es natürlich eng mit den nächsten Seiten.
Ich hab ja nichts. Es tut mir Leid. Wirklich absolut nichts. Niente. Rien. Nada. Null.
Daran schließt sich dann auch direkt die nächste drängende Frage:
Für *wie viele* Seiten denn genau ist mir nichts eingefallen?
Ich glaub, ich lass das am besten jetzt einfach mal so laufen. Nicht immer gleich so verkrampfen, wenn was nicht klappt.
Natürlich, ich sehe das auch so, dass ein Buch ein *Buch* ist und nicht ein leerer Malblock. Absolut klar.
Aber man muss doch immer wieder im Leben einsehen, dass das, was man sich vorgenommen hat, leider nicht so von der Hand geht, wie man es gern hätte.
Tja, und an diesem Punkt befinden wir uns wohl zurzeit.
Ich mache Ihnen einen Vorschlag:
Wir regeln das jetzt mal ausnahmsweise so, dass ich jetzt so lange nichts schreibe, bis mir wieder was einfällt, und Sie würden darüber nicht groß meckern oder so, das kann ich im Moment nämlich am allerwenigsten brauchen.
Okay. Es geht los.

Aha. Jetzt kommt wieder was.
Hat ja so lange gar nicht gedauert.
Finde ich.
Das mag Ihnen etwas anders vorkommen, aber ich finde, da dürfen Sie sich jetzt auch nicht so anstellen.
Schreiben Sie erst mal selbst ein Buch. Jawoll. Da möchte ich aber mal sehen, wie Sie sich da einen abbrechen!
Und schließlich können Sie doch bis auf die Lücke (mit der ich es mir übrigens auch nicht gerade leicht gemacht habe) Seite für Seite umblättern und überall steht zuverlässig was drauf.
Also bitte.
Dann kann man doch wohl mit so einer kleinen Panne wie auf den Seiten 88 und 89 *etwas* großzügiger umgehen und sagen: Sie (die Autorin) ist ja auch nicht gerade glücklich darüber, dass es so gekommen ist.
Herrgott nochmal! Jetzt machen Sie doch nicht so ein Riesending daraus!
Kleinlich nenne ich so etwas!
Ich breche diese fruchtlose Diskussion an dieser Stelle einfach ab. Ich habe keine Lust mehr.
Sie haben sehr richtig gelesen: Ich stehe für diese Art von Zankerei nicht mehr länger zur Verfügung.
Hier wird jetzt weitergeschrieben und Sie werden sich nochmal nach leeren Seiten sehnen. Aber da brauchen Sie mit mir nicht mehr zu rechnen.
Ich scheiße Sie jetzt zu mit Text, Text, Text.
Und von Ihnen erwarte ich, dass Sie das Buch jetzt in einem Schluck bis zu Ende lesen.

Schluss, aus, Mickymaus.
Ach nee. Wenn man vom Teufel spricht ...
Da ist die Maus ja wieder.
Langsam ist mir das der Maus gegenüber etwas unangenehm, weil ich immer nichts mit ihr anfangen kann, wenn sie kommt.
Ich liebe zwar unangemeldete Spontanbesuche, wo man dann alles fallen lässt und sofort Kaffee aufschüttet, aber das sind ja in der Regel Leute, die du kennst. Und schätzt. Mit denen du was anfangen kannst.
Aber was die Maus angeht, da wäre es mir schon lieber, wenn sie vorher fragen würde, ob es mir recht ist, wenn sie mal vorbeischaut. Dann hätte ich die Möglichkeit zu sagen: »Ach, wie schade, ich bin ausgerechnet heute gar nicht da. Urlaub, so was in die Richtung. Vielleicht klappt es ja beim nächsten Mal.« Dann hätte ich wieder ein bisschen Zeit gewonnen und könnte mir ja schon mal was überlegen, was so eine Maus interessiert.
Käse zum Beispiel.
Den mag ich auch ganz gerne.
Da hätte man dann schon mal einen Anknüpfungspunkt.
Aber ich bräuchte auf jeden Fall noch ein Ausweichthema, falls die Maus nämlich ihre kleinen dunklen Augen verdreht, nach dem Motto, schon wieder Käse, ich kann's nicht mehr hören.
Als einfacher Mensch, völlig unbeleckt vom Mäuseleben, fällt dir aber nun mal als Erstes Käse ein. Ist halt so.
Genauso wie ich bei Robbie Williams als Erstes an Seitensprünge denke.
Und das interessiert wiederum die Maus nicht. Obwohl ich mir kaum vorstellen kann, dass sie noch nie einen Hit von ihm gehört hat. Irgendwo läuft immer was von dem. Die hat doch unter Garantie bei irgendeinem ih-

rer Spontanbesuche mal im Radio »Come undone« gehört!
Sonst gehen mir nämlich langsam die Themen aus mit ihr. Vielleicht sollte ich ihr mal was von den Rehen erzählen, die ja bekanntlich so scheu sind, dass sie nie freiwillig die menschliche Nähe suchen, geschweige denn völlig unangemeldet auf der Matte stehen würden.
Aber ob sie den Wink versteht …

Irgendwie geht mir der Krach mit Ihnen von eben noch ziemlich nach.
Ich kann ja dann auch ordentlich austeilen … Tut mir jetzt ein bisschen Leid. Nicht viel, weil, dafür hätte ich dann doch noch etwas mehr auf die Tube drücken dürfen. Aber auf jeden Fall ein bisschen und das wollte ich Ihnen halt nochmal sagen.
Ich kann unheimlich lange freundlich sein, aber wenn man mich reizt …
Stier eben.
Aber vielleicht hat das mit Stier auch überhaupt nichts zu tun, weil, dass der angeblich so geduldig sein soll, davon merke *ich* null.
Mich macht das ja schon total kribbelig, wie lang das dauert, bis ich an der Tür bin, wenn es klingelt.
Letztens auch wieder.
Da klingelt's und ich geh los zur Tür.
Als ich am Schlafzimmer vorbeikomme, sehe ich, dass mein Mann zwar morgens die Betten abgezogen, aber nicht neu bezogen hat. Ich hole also husch, husch frisches Bettzeug raus, drauf aufs Bett und fertig.
1,80 m x 2,00 m – da kriegste natürlich feuchte Achseln. Und bevor ich die Tür aufmache, wollte ich mich halt gerade noch mal frisch machen. Und je mehr Stress der

Idiot an der Tür mit seiner Klingelei macht, desto länger brauchste ja.
Wie immer, wenn's mal schnell gehen muss.
Ich kriegte nämlich dann auch die Schnürsenkel von meinen Schuhen natürlich nicht anständig gebunden, aber die blöden Hausschuhe wollte ich selbstverständlich nicht anlassen. Das sieht ja immer megascheiße aus: in Puschen an die Tür gehen.
Und ich wusste ja jetzt nicht, wer da so frech Einlass fordert.
Dann hab ich mir schnell nochmal die anderen Schuhe ausm Schrank geholt, die man nicht schnüren muss, sind auch ganz okay, obwohl ich im Moment am liebsten die Schnürteile trage, na ja, egal, und bin zur Tür gegangen.
Tür auf und da steht der George Clooney.
Ich sage: »Hallo, Herr Clooney, was machen Sie denn für einen Terz hier vor der Tür?«
Und er sagt, jaa, das hätte ihn halt aufgeregt, so lange an einer Tür warten zu müssen und so.
Ich sag: »Also, entschuldigen Sie mal, wie sind Sie denn drauf?! Klingeln und zack, fällt die Tür aus den Angeln, oder was?!«
Nee, so hätte er das ja nicht gemeint, es wär nur so scheißekalt und seine Pressekonferenz wäre erst in 2 Stunden.
Ich war total am Kochen, Stier eben (wenn mich einer reizt ...!), und sag:
»Wenn ich mich um alle kümmern müsste, die hier tagsüber in meiner Straße frieren, dann käm ich drinnen zu nix.«
Das war echt ein bisschen drüber von mir, aber ich kann das auch bei meinem Mann nicht leiden, wenn der meint, ich müsste sofort springen, wenn er was hat. Und dass der

Clooney Druck hatte, konnte man echt sehen, der kriegte langsam blaue Lippen.
Also hab ich ihn reingebeten.
Was sollte ich machen, man lässt ja einen Hollywood-Star genauso wenig draußen in der Kälte rumstehen, wie wenn das jetzt jemand anders gewesen wär.
So viel Kinderstube musst du aber haben.
So, jetzt steht da also der Clooney in meiner Küche rum.
Und als ich ihn frage, warum er denn immer noch so angepisst guckt, ich hätte ihm doch auch noch einen heißen Tee gemacht (muss mein Mann sich immerhin sonst selbst machen), da sagt er, er hätte den ganzen Empfang halt so beschissen gefunden.
Ich sag zu ihm: »Ja, Menschenskinder, Clooney, was erwartest du denn?! Hat man dir zu Hause erzählt, dass, kaum biste übern Teich, alle Frauen auf dich stehen?! Also, was mich angeht ... nicht die Bohne. Leider Fehlanzeige. Der Johnny Depp, jaaa, klar, das ist ne andere Baustelle! Für mich spielt der aber auch in ner ganz anderen Liga. Haste dir mal was von dem angeguckt? Da setzt du dich aber auf den Hosenboden! Suupersexy und schauspielerisch einfach ne Granate.«
Da guckt der Clooney mich an, fasst meine Hand, zieht mich an sich und sagt: »Corrdjula, isch hab nok nie ein Frrau getrroffm, die ßou äbßolut ährrlisch ßu mirr wah! Un du hast ßou klarre, so wunderrbarre Aaugän, ßou eine pörrfekte Körrpörr! Isch glaaubä, nach dirr habö isch immörr geßucht un wolltä bei keinär andrren bleibän!«
Tja, liebe Leute, das ist die wahre Geschichte über George Clooney und mich. Ich weiß nicht, was Sie darüber schon irgendwo gelesen haben, die Zeitungen schreiben ja viel.

Natürlich bin ich bei meinem Mann geblieben und nicht mit George in die USA gegangen.
Ich hab jetzt nur Panik, dass er dem Johnny mal meine Adresse verrät, da ständ ich nämlich echt aufm Schlauch. *Die* Entscheidung wäre nicht so einfach.

Mir passieren in letzter Zeit sowieso die komischsten Dinger.
Man kann das gar nicht beschreiben.
Ich gehe zum Beispiel in den Supermarkt, stehe *nicht* in der falschen Schlange an der Kasse, worüber immer so viele klagen, aber als ich dran bin, also, recht zügig, fällt mir die ganze Scheiße halb aufs Laufband, halb auf den Boden. Es handelte sich um süße Sahne, Milchflaschen, Marmeladengläser (Stachelbeere und Orange), Remoulade, 1 Flasche Kneipp-Badeöl (Melisse) und 2 Pakete Bio-Butter (sind heil geblieben). Für die paar Sachen hatte ich nicht extra einen Wagen nehmen wollen, ich hatte auch gar keinen Euro klein und so weiter, jedenfalls bin *ich* nun diejenige, die dafür sorgt, dass alle anderen hinter mir an der falschen Kasse anstehen, worüber ja immer so viele klagen.
Jetzt sagen Sie, jaja, ist mir selbst auch schon passiert, das rangiert bei der Stratmann doch wohl nicht unter »komischste Dinger« (siehe oben)!
Aber sind Sie nach dieser Klamotte auch beim Verlassen des Supermarktes mit Ihren Tüten schnurstracks an dem von Ihnen dort abgestellten Fahrrad vorbeigegangen und haben den Fußweg nach Hause angetreten?
Und sind Sie dann am nächsten Morgen auch zum Fahrradschuppen neben der Haustür gegangen und haben einen dicken Hals bekommen, weil irgendein Arschloch Ihnen das Fahrrad geklaut hat? Wahrscheinlich ist Ih-

nen dann auch am selben Tag, Stunden später, eingefallen, dass Ihr Rad seit gestern am Supermarkt steht, und als Sie dort ankommen, fällt Ihnen auf, dass Sie es gar nicht abgeschlossen hatten. Leck mich am Arsch, da ham wir aber nochmal Schwein gehabt!, haben Sie da gedacht, wollen das Rad gerade nehmen und in dem Moment tippt Ihnen jemand auf die Schulter und fragt: »Was machen Sie denn da?« Das Gespräch verläuft von vornherein etwas angespannt, weil der ehrliche Mitbürger Ihnen nicht abnimmt, dass Sie lediglich Ihr *eigenes* Rad besteigen wollen. Sie setzen an zu erklären, dass Sie gestern hier eingekauft haben und aber heute erst Ihr Fahrrad ... *Wie* blöd das klingt, wird schnell klar, weil die Mimik Ihres Gegenübers bei Ihren Ausführungen eine deutliche Sprache spricht.

Na ja, ein weiterführendes Gespräch mit der Kassiererin, die mich als Stammkundin identifizierte, brachte ein für mich glimpfliches Ergebnis:

Man ließ mich nach Hause fahren.

Allerdings bedankte ich mich bei dem aufmerksamen Herrn noch für sein hartnäckiges Engagement, denn ich hätte ja auch noch dooferweise mein Rad nicht abgeschlossen und es hätte also sehr wohl geklaut werden können, und zwar genauso, wie ich ja mein Rad einfach hatte nehmen wollen, das hätte er ja gleich sehr richtig erkannt und so weiter. Dabei nahm ich in Kauf, dass er sich von mir abschließend noch ordentlich verarscht fühlte, so guckte er jedenfalls.

Aber ich meinte das echt ehrlich.

So, als Nächstes machen wir mal zur Auflockerung ein kleines Spiel.
Wenn man so stundenlang sitzt und liest, tut einem irgendwann der Arsch weh und man hört auch auf, *selber* zu denken, man hat ja vom Autor denken *lassen*. Im Übrigen wäre es ja auch tatsächlich unhöflich, dem Autor beim Lesen dazwischenzudenken.
Also:
Was Sie jetzt nicht merken konnten, ist, dass hier seit dem »Also-Doppelpunkt« seit 4 Stunden nicht mehr groß was passiert ist.
Ich wollte mir für Sie eigentlich ein hübsches Spielchen ausdenken, das Sie so richtig auf Trab bringt, aber meinste, da käm mal was?
Damit meine ich was Richtiges, was Anspruchsvolles.
Natürlich kann ich sagen, so Leute, alle zack, zack, wir machen jetzt Sackhüpfen.
Ich bin mir aber sicher, dass das nicht in Ihrem Sinne wäre.
Ich schätze Sie mehr so Richtung Schnitzeljagd ein.
Aber ich kriege jetzt auf die Schnelle keine Streckenposten zusammen.
Tut mir Leid.
Sind Sie eigentlich immer noch sauer auf mich? Wegen eben?
Wo ich Sie so angepflaumt hab, weil Sie sich so angestellt haben, als ich die paar Seiten frei gelassen hab? Da haben Sie aber einen langen Atem.
Das kann natürlich auch noch ein Grund sein, warum wir hier nicht so richtig mit nem Spiel zu Potte kommen.
Man spielt nicht gerne mit einem, den man gerade doof findet. Oder er müsste der Verlierer sein. Dann wär man wieder versöhnt.

Aber dann ist wieder der andere schlecht auf einen zu sprechen.
Wenn er jetzt einer von der ehrgeizig-verkrampften Sorte ist.
Sind die ja meistens. Je ehrgeiziger, desto mehr Krampf im Arsch. Tschuldigung. Aber ist wahr.
Ich meine jetzt nicht die Zielstrebigen, das ist was ganz anderes! Nee, ich mein die *richtig* Ehrgeizigen. Die Freudlosen. Die einem nix gönnen, weil sie immer Panik haben, ihnen würde was abgehen.
Ehr*geizig*, verstehste?
Das sind auch die Einzigen, die diesen Werbeslogan kapieren: Geiz ist geil.
Dann spar ich mir mal lieber die Worte ... (suuper gebaut, diese ironische Wendung gerade. Bissig, pointiert, knapp. Hut ab, ich!)

Was die geharnischte Sex-Szene angeht, auf die Sie alle so dringend warten, möchte ich meiner Kollegin Anaïs Nin das Wort erteilen, die sich ja ungeheuer detailliert und variantenreich zu diesem Thema geäußert hat. Ich weiß natürlich nicht, wie viel Sie so vertragen können und ab wann Sie den Verlag anrufen und durchs Telefon brüllen: »Was seid ihr denn für verkommene Schweine, ich will mein Geld zurück!«
Deshalb habe ich auch einen Textauszug gewählt, bei dem es nicht bis zum Äußersten geht, damit Ihnen nicht beim Lesen die Augen hervortreten, wenn der Blutdruck in Fahrt kommt.
Wer meine Vorsicht bedauert, kann sich ja im Buchhandel eindecken mit den Werken Anaïs Nins.
Lassen Sie aber dann den obersten Hemd- bzw. Blusenknopf offen, denn die Frau Nin ist ein extrem versautes Bambi.

Insofern hätte ich auch ganz gerne, wenn Sie für mich einen gewissen Respekt empfinden würden, dass ich die folgende Szene, die auch Herzkranke bedenkenlos konsumieren können, überhaupt gefunden habe:

»Madames größtes Vergnügen war die Parade eines schottischen Regiments gewesen, die an einem lauen Frühlingsvormittag stattgefunden hatte. Sie befand sich gerade in einem Bistro, um einen Aperitif zu nehmen, als sie hörte, wie von den schottischen Soldaten die Rede war. Ein Mann hatte gesagt: ›Sie üben ihn von Jugend an, diesen ganz speziellen Gang. Sehr schwierig, sehr schwierig. Dazu gehört ein coup de fesse, ein Arschschwenk, damit der Sporran, die an entscheidender Stelle getragene, verzierte Ledertasche, genau richtig schwingt.
Schwingt er nicht richtig, hat der Mann versagt. Diese Gangart ist schwerer zu erlernen als der pas eines Balletttänzers.‹
Madame nahm es in sich auf und überlegte: Jedes Mal, wenn der Sporran schwingt und der Schottenrock schwingt, nun, dann müssen die übrigen Anhängsel mitschwingen, oder? Ihr altes Herz war gerührt. Schwing. Schwing. Und alles aufeinander abgestimmt. Ein perfektes Regiment. Wie gerne wäre sie einer solchen Truppe gefolgt, ganz gleich, in welcher Eigenschaft. Eins, zwei, drei. Der bloße Gedanke hatte sie erregt. Und dann fügte der Mann an der Bar auch noch hinzu: ›Und wissen Sie auch, dass sie nichts darunter tragen?‹
Sie trugen also nichts darunter! Diese stämmigen, aufrechten, wackeren Männer. Erhobenen Hauptes marschierten sie, den Blick geradeaus, sie warfen die nackten, muskulösen Beine voran, sie trugen Röcke – das machte sie in der Tat so anfällig wie eine Frau. Wackere Männer,

und doch verführerisch wie eine Frau und dazu noch nackt unter ihren Röcken. Madame wünschte, sie wäre ein Pflasterstein, auf den man treten konnte, sie wünschte, ihr würde ein Blick unter den kurzen Rock auf den verborgenen Sporran gewährt, der mit jedem Schritt mitschwang. Madame fühlte sich beengt. Im Bistro war es zu warm geworden. Sie musste an die frische Luft.
Sie stellte sich an den Straßenrand und wartete auf den Vorbeimarsch. Jeder Schritt des Schottenregiments war wie ein Schritt in ihren eigenen Körper, so schwang sie mit. Eins, zwei, drei. Ein Tanz auf ihrem Bauch, wild und rhythmisch, der pelzbesetzte Sporran schwang auch mit wie ein Busch. In Madame war eine Julihitze aufgestiegen. Nur ein Gedanke beseelte sie jetzt: Sie musste sich einen Weg bahnen, in die vorderste Reihe. Dort sank sie in die Knie und fingierte eine Ohnmacht. Aber alles, was sie aus dieser Stellung erkennen konnte, waren Beine, die unter den karierten Faltenröcken verschwanden. Später, am Knie des Polizisten lehnend, verdrehte sie die Augen, als bekäme sie einen Anfall. Wenn doch der Zug kehrtmachen und über sie hinwegmarschieren würde!
So trocknete Madames Honigseim nie aus. Er wurde regelmäßig erneuert. Am Abend war dann ihr Fleisch so zart, als wäre es den ganzen Tag über auf kleiner Flamme geköchelt worden.«

Hier sind wir dann auch direkt beim Thema »Sex im Alter«. Frau Nin zeigt mit dem von mir zitierten Text deutlich, dass sie nicht zu den üblen Zeitgenossen gehört, die dem eigenen Großvater keinen Samenerguss in Begleitung mehr gönnen.
Ich möchte mich Frau Nin anschließen und es in einen ermunternden Aufruf kleiden:

Meine sehr verehrten alten Herrschaften, liebe alte Damen!
Lassen Sie sich nicht verprellen! Pimpern Sie bitte weiter, solange der bebende Körper oder die in unseren Diensten stehende Medizin es hergibt!
Wenn Sie dazu Lust haben, natürlich! Wenn Sie allerdings eher zu der Auffassung neigen: Ach, ich hab jetzt von 15 bis 65, also 50 Jahre meines Lebens vervögelt, ich würde das jetzt gern drangeben, dann fühlen Sie sich bitte ganz frei zu tun und vor allen Dingen zu lassen, was Sie wollen.
Denken Sie nur daran, dass Sie ja mit 65 auch aufhören zu arbeiten und ob Sie dann nicht vielleicht etwas viel auf einmal aufgeben.
Soll nur noch mal ein kleiner Denkanstoß sein, mehr nicht.
Wie gesagt, es muss ja Spaß machen.
Und wenn nicht, dann nicht. Ganz einfach.
Dabei wollen wir es dann auch belassen.
Ich finde das zwar schade, aber das ist letztlich Ihre ganz private Angelegenheit.
Und fertig. Da will ich Sie jetzt gar nicht länger mit etwas aufhalten, was ich zwar besser für Sie fände, aber bitte schön, *Sie* haben gewählt.
Ich lass mir ja auch nicht gerne reinquatschen.
Wirklich, da bin ich unheimlich empfindlich.
Ich werde stocksauer, wenn sich einer ungefragt einmischt.
Und deshalb gehe ich, glaube ich, auch gerade so sensibel mit Ihnen um.
Weil ich aus eigener Erfahrung weiß, *wie* unangebracht Äußerungen von Fremden sein können.
Können – zwingend anmaßend ist das nicht unbedingt. Schauen Sie mal, zum Beispiel gerade, wie ich bei Ihnen das Thema Sexmüdigkeit angesprochen hab.

Das fand ich noch sehr okay.
Das war respektvoll, hinweisend, hatte absolut nichts Distanzloses, wenn Sie mich fragen. Ne?
Würde mich auch total wundern, wenn das irgendwie anders rübergekommen wäre. Das kenne ich nämlich von mir nicht. Ich kann ja eine Menge, aber wenn ich eins kann, dann ist es, heikle Themen mit dem gebotenen Takt zu behandeln. Absolut.
Du brauchst dabei ein unglaubliches Händchen, damit du mitkriegst, *wann* das Ding durch ist. Das ist eigentlich die große Kunst dabei.
Sie können das ja oben nochmal nachlesen, wie ich das gemacht habe: ansprechen, vertiefen und wieder raus aus dem Thema.
Oder man macht es ganz anders.
Ein Beispiel: Mein Mann und ich waren in der vergangenen Woche bei Freunden zum ersten Besuch im neuen Haus eingeladen. Immer eine knifflige Sache so was. Gerade, wo wir Claudie und Micha sehr mögen, uns aber völlig einig darin sind, dass sie über einen erschütternden Geschmack verfügen. Es war also von vornherein klar, dass es so was wie Gesichtverziehen oder entsetztes Aufschreien nicht geben würde, da wir ja unsere Freunde, verständlicherweise stolz auf ihr neues Heim, nicht verletzen würden.
Wie geht das?, fragen Sie sich jetzt natürlich.
Nun, indem man zum einen sehr tapfer ist und sich in solchen Momenten der Höhen und vor allem der ungeheuren Tiefen erinnert, die diese Freundschaft bereits ausgehalten hat. Zum Beispiel, als die Claudie meinem Mann damals, ach, was soll ich jetzt alte Kamellen aufwärmen, vorbei ist vorbei. Freundschaft bedeutet immer auch Großherzigkeit, und wenn man nun in ihrem neu einge-

richteten Haus sitzt, dann kann man ruhig auch mal nach Auswegen suchen, die einem einen kleinen Anteil an der Begeisterung der Hausbesitzer ermöglichen: Man kann zum Beispiel die Augen schließen und das Vogelgezwitscher im Garten in den Vordergrund rücken. Umso entsetzter waren mein Mann und ich, als es plötzlich klingelte, und Kerstin und Dieter sich zu einem Spontanbesuch bei Claudie und Micha entschlossen hatten. Meine sehr verehrten Leserinnen und Leser, wie *diese Freunde,* ohne jede Andacht und alle Möglichkeiten vergessend, die uns unsere Muttersprache auch noch mitgegeben hat, dieses geschmacklos, aber liebevoll eingerichtete Haus beäugten, das treibt meinem Mann und mir noch heute die Tränen in die Augen. Ich gebe Ihnen die Begebenheit an dieser Stelle im ungefähren Wortlaut wieder und bitte Sie, sich Ihr eigenes Bild zu machen. Aber ich sage Ihnen hier schon mal ganz klar: Wer so hässlich zu seinen Freunden sein kann, der wohnt noch bei seinen Eltern. – Das hat jetzt irgendwie nichts miteinander zu tun, aber ich wusste im Moment nicht, wie ich meinem Entsetzen besser Ausdruck verleihen sollte. Ich meinte einfach: pfui.

»Huch, direkt in der Diele das erste Bild! (Kerstin lacht) Jetzt habe ich mich aber erschreckt! (knufft den Micha) Nee, weil eure Diele so düster ist, deshalb. Aber eigentlich ganz … nett. Wenn die Augen sich erst mal an die Dunkelheit gewöhnt haben. Was sollst du auch das Haus mit ner bombastischen Diele anfangen und hinterher fehlt's an der Abstellkammer.
Aahja, und hier geht's dann weiter ins … Wohnzimmer?
O ja, jetzt seh ich's auch, an dem schönen Laminat. Alle Achtung … Kein Laminat? Und *was* für ein Holz?

BIRKE?? Huijuijui, da habter aber noch Spaß mit! Ist ja das *weichste* Holz, das du dir aussuchen kannst. Das verträgt nicht viel. Also: Immer schön Schuhe ausziehen, sonst versaut ihr euch den Boden direkt in den ersten Wochen.
Aber wenn du nicht so viel Besuch hast ... Ihr kennt ja nicht so viele Leute ...
Und da müsst ihr jetzt sicher nochmal mit so ner speziellen Politur drüber, ne?
Aach, der *muss* so stumpf ... Hmhm. Na ja, das ist eben ganz anders, als man Holzboden so kennt. Also *ich* zumindest. Das ist dann eben *euer spezieller* Holzboden, nicht so, wie alle den haben, ne? Das kann auf die Dauer doch auch ganz schön sein. Manchmal muss man sich einfach mal was trauen und mit der Zeit gewöhnt man sich auch dran. (Dieter nickt bekräftigend)
Aach, guck mal ... Dann habt ihr also *die* Ecke als Essbereich genutzt. Eigentlich ganz schlau, was weg ist, ist weg. Man muss hier ja auch nur kurz was essen und setzt sich dann eh rüber ins Wohnzimmer.
Apropos: In *jedem* anderen Zimmer würden einen so wuchtige Möbel ja regelrecht erschlagen. Aber im Wohnzimmer geht's, ne? (aufmunternder Blick zu Micha, dann zu Claudie)
Und das ist dann jetzt eine sauschwere Entscheidung, ne? *Ohne* Teppich sieht man natürlich euern schönen Holzboden besser, *mit* würde es gleich viel wohnlicher. Aber damit kann man sich ja auch immer bisschen Zeit lassen. Man richtet ja nicht alle Tage so ein Haus ein. Im Moment habt ihr doch bestimmt eh keinen Cent mehr übrig, ne? Und dann kommste in so'n blödes Fahrwasser, sparst an diesem und an jenem und dabei raus kommen dann so Übergardinen ...

Aber dann darf man nicht den Fehler machen und sich ewig ärgern. Irgendwann muss man halt sagen, ist passiert und kann man jetzt auch nicht mehr ändern. Es kommt ja auch wieder 'ne Zeit, da kann man das ein oder andere erneuern, ihr werdet ja jetzt nicht *immer* finanziell so knapp sein.
Und über allem steht: *Euch* muss es gefallen. Das ist das Wichtigste. Es gibt immer Leute, die sagen, ja aber hier, ja aber da, das muss euch gar nicht jucken. *Ihr* wohnt hier. Muss ja keiner von den Meckerern hier einziehen, ne? Die sollen sich mal selbst was einrichten, dann sehen die erst mal, *wie* schwer das ist, es sich so richtig schön zu machen!
Die Tapete ist ja auch witzig!
Habt ihr keine Angst, dass sich das mit dem Sofa beißt?
Aber macht euch da mal nix draus. An 'nem Sofa haben wir uns auch schon mal ganz schwer verkauft.
(Kerstin zu Dieter) Boah, weißte noch? Dieses Riesenteil, mit dem ich nie glücklich war?
(zu Claudie und Micha) Letztes Jahr haben wir dann endlich gesagt: So, nach zwölf Jahren Durchpupen isses durch. Steht jetzt im Keller. Bis zum nächsten Sperrmüll. Obwohl es noch tipptopp in Schuss ist, da ist nix dran! Ich stell mir grad vor, wenn das hier stehen würde ... Gar nicht mal *so* übel. Von den Farben her auf jeden Fall besser als die Lösung, die ihr da jetzt stehen habt!
Ich sag jetzt einfach mal – (zu Dieter) ohne, dass wir das jetzt abgesprochen haben – (wieder zu Claudie und Micha), für 100 Euro könnt ihr's euch abholen.
– Schweigen –
(zu Micha) Micha, mehr nehm ich von Freunden nicht! Irgendwann schenkt ihr uns dann wieder was, das gleicht sich doch immer wieder aus!«

Liebe Leser, das können Sie mir jetzt glauben oder nicht: am nächsten Tag habe ich noch lange mit Claudie telefoniert und ihr ausgeredet, auf das Sofa-Angebot einzugehen.
Sie hatte Skrupel, weil sie Kerstin und Dieter keinesfalls kränken wollte.
Die Kerstin muss wohl eine ganz Empfindliche sein.

Hab ich Ihnen schon gesagt, dass ich so nah am Wasser gebaut hab?
Sind Sie schon mal nach einem Schmachtfetzen im Kino Straßenbahn gefahren?
Da heul ich mir im Kino 2 Stunden die Augen aus dem Kopf und sitze danach mit dicken Klüsen in der Bahn.
Ich glaub, in diesen Fällen muss ich mir mal angewöhnen, ein Taxi zu nehmen. Mich macht das nämlich wahnsinnig, die Vorstellung, dass in der Bahn einer sitzt und denkt: Ach, guck mal, die Stratmann, läuft wohl auch nicht alles rund bei der Spaßmacherin!
Ja, Leute, so was denkt man schon mal, wenn man nicht mehr ganz anonym durch die Gegend fährt. Das ist der Verfolgungswahn, den der Job so mit sich bringt. Wie eine Mehlallergie beim Bäcker.
Das ist das Tolle an New York. Da guckt keiner. Sind Sie da schon mal mit der U-Bahn gefahren? Da guckt jeder nur vor sich hin. Blickkontakt ausgeschlossen.
Ich glaube, deshalb funktioniert da das Multikulti-Leben auch viel besser. Einfach nebeneinander. Das hat was Ignorantes, aber man sieht auch niemanden mit zusammengekniffenen Lippen und Gouvernantenblick den Kopf schütteln. *Diese* Damen sind ja immer ganz zum Liebhaben. Diese selbst ernannten Erzieherinnen. Im Zweifelsfall übernehme ich die Rolle. Schrecklich! Ich möchte

das gern aufhören. Ist echt schwer. Benehmen sich aber auch immer alle so schlecht. Aber ich lass es jetzt. Versprochen.
Deswegen habe ich auch jetzt von hier aus nur noch *einmal* eine dringende Bitte an meine Mitreisenden:
Beim Husten bitte die Hand vor den Mund! Erst gestern hatte ich nach einer Hustenattacke bei weit geöffnetem Maul durch die Dame hinter mir wieder die Haare klatschnass und keinen Föhn dabei. Es nutzte auch nichts, beim Busfahrer nachzufragen, denn es gibt im Bus ja eh keine Steckdosen. Heute habe ich das blöde Gefühl, die Dame könnte mich irgendwie angesteckt haben, aber wahrscheinlich ist das auch wieder nur Anstellerei von mir. Sie saß ja *hinter* mir, also hat mir nicht *direkt* ins Gesicht gehustet, da kann eigentlich nichts passiert sein, und wenn, dann liegt das sicher eher daran, dass ich halt dann so lange mit nassen Haaren rumgelaufen bin.
Und noch was ist mir gestern im Bus aufgefallen: Kaugummikauen sieht *irrsinnig* scheiße aus! Geahnt habe ich das schon immer und wenn ich ganz ehrlich bin, habe ich das auch schon mal regelrecht *gewusst*, bis ich diese schlimme Erkenntnis dann verdrängen musste, um zwischen den Myriaden von Kaugummikauern weiterleben zu können.
Was ich damals *gewusst* und dann verdrängt habe, war sogar mehr: Die *ganze* Kauerei sieht irrsinnig scheiße aus.
Ich war 15, als ich mit dieser schmerzhaften Beobachtung konfrontiert wurde. Damals ging ich ein paar Wochen oder Tage oder Monate mit Wulf. Ich weiß gar nicht, ob der das wusste. Wir Mädchen und Jungen hatten damals manchmal stark divergierende Interpretationen von »zusammen gehen«. *Ich* jedenfalls ging mit Wulf, weil, wir hatten schon geknutscht und: Ich hatte ihn mehrmals von

der Schule abgeholt und er war *nicht* weggerannt. Dann hatten wir uns auf die kalten Steinbänke am Rathaus gesetzt und noch mehr geknutscht. Und gut geredet. Mit 15! Also, wenn ich das heute so überlege: Wir waren *definitiv* zusammen. Nur, dass er nie anrief, wenn er das angekündigt hatte. Aber wenn ich dann anrief, war er *echt* nett und hat *nie* den Hörer aufgeknallt. Und gesagt, er hätte mich noch anrufen wollen. Es wird immer klarer in der Rückbetrachtung: Wir standen kurz vor der Verlobung.
Woran diese Liebe zerbrach? Das kann ich Ihnen so einfach wie bitter erklären:
an der Kauerei. Meine Gefühle für ihn erstarben in dem Moment, als ich ihn in einer Freistunde im »Engelchen« traf und er sich dort ein Brötchen bestellte. Hätte er es doch nur im Ganzen runtergeschluckt! Aber nein, er hat das Brötchen gekaut, jeden Bissen. Und seine Ähnlichkeit mit Björn Borg (jawoll!) ging über ins Tierreich. Welches Tier genau weiß ich jetzt gar nicht mehr, im Zweifel war es der Affe.
Seitdem hat sich in meinem Gedächtnis eingebrannt, dass das Kauen ästhetisch großen Schaden anrichtet. Dieses Auf und Ab des Unterkiefers! Da braucht man gar nicht lange drüber reden. Das ist einfach das Allerletzte. Deswegen wollte ich früher nie, wenn ich verschossen war, mit dem Typen *essen gehen*! Manchmal konnte man sich gegen die Einladung des Begehrten natürlich nicht plausibel wehren, dann kam mir zugute, dass ich eh nichts runterkriegte, und sobald *er* einen Happen in den Mund steckte, hab ich einfach den Kopf herumgerissen und sofort etwas anderes fixiert.
Davon wurde mir häufig schwindelig und ich wurde dann von ihm süß gefunden. Das war eine der höchsten Auszeichnungen: Süß-gefunden-Werden. Wenn ein süßer Typ

feststellte, dass man süß war, war man damit hochdekoriert. Gewinnerseite. (Übersetzung der Autorin: süß = cool)

War der feststellende Typ jedoch nicht *selbst* süß, dann interessierte diese Benotung kein Schwein. Damit kam man dann nicht auf eine einzige Fete *mehr*. Aber als süß Gefundene von einem Selbst-Süßen wollten alle anderen auch deine Nähe kosten.

So war das. Ganz einfache Regeln. Die Süßen drinnen, Loser draußen vor der Tür.

Auf Klassentreffen nach 20 Jahren kann man dann feststellen, dass es in manchen Fällen zu groben Fehleinschätzungen in der 9. Klasse gekommen war, weil plötzlich ein einstiger Loser als *supersüßer* Zahnarzt durch die Tür kommt. Obwohl ja gerade die Zahnarzt gewordenen Klassenkameraden dann doch noch oft die damalige Einstufung bestätigen. Das sind die Momente, in denen man zu verstehen glaubt, warum Loser und cool beides mit o geschrieben wird. Und warum Os aussehen können wie Nullen.

Ich habe geschrieben aussehen *können*, liebe Zahnärzte unter meinen Lesern! Jetzt kriegen Sie sich mal wieder ein! Ich beschreibe doch nur *Beispiele*. Außerdem können Sie das sehr leicht selbst nachprüfen, ob ich ausgerechnet Sie meine oder gerade Sie nicht: Ich behaupte nämlich, dass die Erfolgreichen, die aber *eigentlich* völlige Idioten sind, das nicht von sich wissen. Nein, *ahnen*. Ein viel schlimmerer Zustand! Denn einen Erkenntnisstand vom Ahnen zum Wissen zu treiben ist beinharte Arbeit. Das können nur die Nicht-Idioten. Aber die brauchen ja nicht ahnen, dass sie Idioten sind.

Und wer ahnt, dass er ein Idiot ist, wird es nie erfahren, weil er dazu zu blöd ist. Ein zutiefst bedauernswerter Zu-

stand. Stellen Sie sich einfach vor, wie man sich fühlt, wenn man nachts ständig um sich haut, weil man meint, man müsse Fliegen vertreiben, die man nicht sieht, aber irgendwie summt es. Aber tagsüber ist alles okay. So ungefähr.
Superkompliziert das Ganze.
Vielleicht mal ein Beispiel:
Wir bleiben der Einfachheit halber bei den Zahnärzten.
Ein solcher verrichtet also eines schönen Sommertages seine Arbeit in seiner Praxis, hier stopft er Löcher, dort bohrt er welche. Er hat es geschafft, mit seinen Angestellten einen gut funktionierenden Zahnarztbetrieb aufzubauen, und nun kommt da Tag für Tag ordentlich was zusammen, an Patienten wie an Kohle. Es gibt jetzt viele Varianten, wie gesagt, es handelt sich hierbei um ein *Beispiel.*
Unser Mann heißt Peter, ist 32 Jahre alt und lebt seit anderthalb Jahren mit Sandra zusammen in seiner 130-qm-Wohnung. Heute Abend trifft er sich mit seinem Freund Dirk, einem Werbetexter, *irrsinnig* erfolgreich. Sie kennen sich vom Sport. Um 20.30 Uhr sitzen sie im Biergarten. Die beiden Z3 stehen in 2. Reihe. War halt nix anderes zu kriegen, wenn man nicht lange einen Parkplatz suchen will. Wenn die Zugeparkten so clever sind, die Besitzer der Z3 im Biergarten zu finden, fahren sie ihre Kiste zur Belohnung weg. Und zwar in die Lücken, die gerade frei geworden sind. Clever, ne? Sehen Sie, wie sollen Peter und Dirk auch drauf kommen, dass sie Idioten sind. Läuft doch alles rund.
Ich will Sie jetzt auch gar nicht mit einer detaillierten Beschreibung des genannten Abends anstrengen. Nur ein paar feste Daten, die diese beiden weltweit zu Idioten küren: Peter wie Dirk sind den ganzen Abend, aber auch an

jedem anderen Tag, davon überzeugt, dass ihr plumpes Balzverhalten für die Damen in der Umgebung eine Offenbarung ist. Des Weiteren gehen sie davon aus, dass die Mädels, die sie bevorzugen, sich davon geschmeichelt und aufgewertet fühlen. Drittens halten sie die Bemerkungen, die sie im überfüllten Biergarten den Tischnachbarinnen zukommen lassen, für dieselben für eine Bereicherung. Diese beiden Herren wissen nicht (und auf Ahnung brauchen wir in solchen Fällen auch nicht hoffen), dass ihre Existenz lediglich für sie selbst der Nabel der Welt ist und *vielleicht* noch für ihre Freundinnen. Mit Sicherheit aber für ihre Mütter. Da können sich die Söhne eigentlich immer drauf verlassen. Die Letztgenannten haben meistens auch dafür gesorgt, dass in den Jungs der Grundstein dafür gelegt ist, sich selbst absolut Granate zu finden.

Jetzt höre ich das Rufen meiner kritischen Leser: Wieso?! Sich selbst klasse zu finden spricht doch für ein gesundes Selbstwertgefühl!

Und ich sage darauf: Obacht, meine Damen und Herren! In manchen Fällen hat Selbstbewusstsein ganz einfach nur mit Blödheit zu tun. Außerdem: Wo der Laie von einem gesunden Selbstwertgefühl spricht, ist oft das *ungesunde* nicht weit. Zur Vertiefung der Thematik empfehle ich die Lektüre der Seite 70 im vorliegenden Buch. Dort hat die Autorin sich bereits exemplarisch mit Herrn Möllemann herumgeärgert. Und wenn Sie diesen Part jetzt noch einmal lesen, müsste es eigentlich sitzen.

Dann bräuchten Sie nämlich auch keine Angst davor haben, mich plötzlich unvorbereitet auf der Straße zu treffen, ich würde Sie abfragen und Sie ständen auf dem Schlauch. Es würde dann eher so aussehen, dass ich Sie auf der Straße abfrage und Sie würden die Stellen mit dem Selbstbewusstsein nur so runterschnurren. Wenn Sie so ein aufmerksamer Leser sind, würde es Ihnen sicher auch nichts ausmachen, wenn ich dann auch noch von Ihnen wissen möchte, ob Sie sich die Witze gemerkt haben, die ich schließlich zu Ihrer Erheiterung zwischendurch habe einfließen lassen.

Wuppertal Richtung Düsseldorf zwischen Barmen und Varresbeck Baustelle 3 Kilometer Stau – hab gerade beim Schreiben das Radio laufen. Ich weiß nicht, wie die andern das machen *Night after Night*, aber ich kann das nicht. Ich würde so gern *I äähm the one and onliiiiee* auch beim Schreiben mal ein bisschen Radio *Jan Ullrichs Trainingsrückstand wird nicht leicht aufzuho* hören, *I was born to love you* – Mensch, das geht ja Schlag auf Schlag –, aber mich macht das verrückt. Mal kriegste was vorgesungen, dann redet wieder einer, der ankündigt, dass gleich ein anderer redet *every single day of my life*. Dann gibt's Instrumentalstellen, wo ich dann hier sitze und mit dem Kopf vor mich hin wackele. Zack, das nächste – NEEIIIN!!! NICHT SARAH CONNOR!!! Ist passiert, jetzt hab ich wieder den *ganzen Tag* das Ohr triefen. Und summ dann immer die Schnulze vor mich hin, auch aufm Rad, wenn ich in die Stadt fahre *skin on skin* – O Gott! Jetzt schreit sie schon wieder – dann trete ich in die Pedale und pfeife inbrünstig irgendeine Melodie – jetzt hab ich mal ausgemacht – und alle denken, das wäre gerade mein Lieblingslied. Ist es aber nicht. Oft weiß ich überhaupt nicht, woher ich das schon wieder habe, was ich da auf dem Rad als Ilse Werner von mir gebe. Und der Moment, in dem ich das plötzlich zuordnen kann, ist nicht selten mit einem knallroten Kopf meinerseits verbunden. Es handelt sich nämlich sogar auch um die Titelmelodie zur Lindenstraße oder von irgendeinem Werbespot. Ich pfeife alles. Auch gerne, ohne es zu merken. Tatsache. Ich merke das dann erst, wenn ich das erste Mal wieder etwas spreche, weil ich dann meine Lippen nicht aus dem Ruhezustand, sondern aus der Pfeiftätigkeit heraus zur Bildung von Wörtern aktiviere. Oder wenn mich halt jemand direkt darauf anspricht, was ich denn da für einen Scheiß pfeife. Meine Mutter behauptet, ich sei schon pfeifend aus ihrem Bauch gekrochen. Alle ein Riesentheater am Machen, überall Blut und so, und ich komm da raus und – damals war es glaub ich »No milk today« – lockere das Ganze ein bisschen auf. Ich hege leise Zweifel an der Erinnerung meiner Mutter, schließlich kam sie gerade aus den Wehen, da kann man schon mal etwas drüber sein, aber *wenn* die Geschichte stimmen würde, mir würd's gefallen. Der Geschichte kann ich zumindest noch etwas abgewinnen im Unterschied zu dem Zeug, woran sich Eltern gemeinschaftlich erinnern, je älter man wird.

»Ach, was *war* das süß, als du noch nicht Wäschetrockner sagen konntest! Hahaha, hohoho, weißt du noch, was du immer gesagt hast, hihihi? WÄSSEHOCKER!!! HAHAHA! Was haben der Papa und ich da gelacht, das kam aber auch *so* süß raus! Wässehocker!« Kicher, kicher.

Anhand solcher Banalitäten, wie jedes Kleinkind sie von sich gibt, bescheinigen einem die sich erinnernden Mütter und Väter eine besondere Sonstwas. Ich weiß es jetzt auch nicht genau, irgendwas Herausragendes eben. Diese Rückblenden legen – für die Eltern zumindest – noch einmal den Blick frei auf die Tatsache, dass dieses Paar ein *ganz besonderes* Kind hervorgebracht hat.

In solchen Momenten würden sich die glücklich kichernden Eltern sogar darauf versteifen, dass sie einander nochmal heiraten würden.

Nun ja. Das muss jeder selber wissen.

Des Weiteren unangenehm daran, wenn Eltern sich so stark rückwärts gewandt gebärden (Weihnachten, Geburtstage, Taufen, Kommunionen/Konfirmationen, Hochzeiten, Beerdigungen), ist die Tatsache, dass sie ihren als positiv abgespeicherten Erinnerungen sehr zügig Berichte folgen lassen, darüber, *wie* schwer man es ihnen gemacht hat. Ich hab noch nicht *einmal* gehört, dass meine Mutter gesagt hätte, mein Gott, da war ich in den Wechseljahren, da bin ich dir ja ungeheuer auf den Sack gegangen. Wie hast du das damals bloß mit mir ausgehalten? Danke, dass du damals nicht an eine Heimunterbringung gedacht hast!

Stattdessen wird das schlechteste Benehmen aus der Pubertät, die man eh in übler Erinnerung hat, ans heutige Tageslicht gezerrt und münden sollen diese Schilderungen in der sowieso schon häufig geäußerten Einsicht, *welche* Zumutung man über weite Strecken für die tapfer durchhaltenden Eltern war. Nur mit dem zeitigen Äußern dieser »Einsicht« kriegt das erwachsene Kind den mütterlichen oder väterlichen Redestrom gestoppt. Es empfiehlt sich, daraufhin *sofort* das Thema, besser noch das Zimmer zu wechseln.

Dabei kommt es natürlich darauf an, wer sich im Nachbarzimmer aufhält.

Geschwisterteile der Eltern verhalten sich dabei zu den Eltern wie der Regen zur Traufe. Als Tante und Onkel waren sie wahrscheinlich nämlich anwesend, als man noch nicht Wäschetrockner sagen konnte.

Was nichts damit zu tun hat, ob sich Eltern und Tanten/Onkel grün sind. Verwandtschaftliche Beziehungen dienen in vielen Fällen lediglich dazu, das Maß an Aufgeregtheiten und übler Nachrede auf einem unterhaltsamen Level zu halten.

Wie viele Beamte und Beamtinnen würden an ihrem wenig ereignisreichen Leben verzweifeln, wenn da nicht Verlass auf die zerstrittene Familie wäre!
In Ermangelung von verhasster Verwandtschaft kann allerdings recht unkompliziert auf die Nachbarschaft ausgewichen werden.
Wer also mit Neid auf die Kollegen schaut, die seit Jahren mit hervortretenden Halsadern über Familienangehörige referieren, wird mit Sicherheit bei genauem Hinsehen am Nachbarn Dinge entdecken, die so nicht tragbar sind. *Und*: Sie haben dabei noch den Vorteil, dass eine Klage gegen Nachbarn einem doch etwas leichter von der Hand geht, als es in der Verwandtschaft der Fall wäre. Wenn man auch noch so viel Grund hätte, die Gerichte mit Klagen zu überziehen, es ist ja immer noch die eigene Familie, ein Hemmschuh, der einen auch schon wieder zur Weißglut bringen kann!
Für den Fall habe ich aber wieder einen kleinen Tipp für Sie: Sollten Sie eine derart untragbare Cousine, Schwägerin, Schwester, Bruder, Neffe oder Tochter haben, dass es ohne einen ordentlichen Denkzettel durch Anwälte und Gerichtstermine nicht mehr geht, geben Sie doch den Nachbarn der/des jeweiligen Familienangehörigen die entsprechenden Hinweise! In den meisten Fällen wird der Angesprochene kaum seine Hilfe verweigern. Vielleicht grübelte er ja gerade über ein neues Projekt, nachdem der Prozess gegen seine Putzfrau eingestellt wurde, und freut sich über Ihr Anliegen.
Man kann schon eine Menge für, vor allen Dingen aber gegen andere tun, wenn man nicht nur um sich selbst kreist. Das sag ich ja immer wieder: Ein bisschen die Augen aufhalten und du kriegst ganze Siedlungen umbesetzt. Mit dem entsprechend langen Atem, versteht sich. Bis die geg-

nerische Seite mal kapiert hat, dass du beinhart bist und es sehr, sehr ernst meinst, kann es etwas dauern. Die Leute ziehen ja nicht direkt beim ersten Schreiben von deinem Anwalt aus ihrem Haus aus. Aber das ganze Spiel macht ja auch nur richtig Spaß, wenn das so schön hin und her geht, das *darf* gar nicht zu zügig über die Bühne gehen. Dafür macht man sich dann doch etwas zu viel Mühe, finde ich.

Ach ja, das Leben ist schon schön. Man muss es nur wollen. Einer Sache bin ich bei meinen Recherchen auch noch auf die Spur gekommen:

Man spricht doch immer von denen, die das Wasserglas für halb leer halten, als den Pessimisten. Ich weiß nicht, wie sich dieses Missverständnis so in den Köpfen festsetzen konnte. Bei diesen Menschen handelt es sich viel eher um solche, die sich ganz in der oben genannten Tradition stets neue Beschäftigung zu verschaffen wissen, anstatt das Phlegma auf dem Sofa zu pflegen. Wer sein Glas halb leer hat, ist viel schneller bereit, rasch einmal aufzuspringen und es wieder aus der Flasche nachzufüllen, als derjenige, der mit der Feststellung ›halb voll‹ darüber hinwegsieht, dass da durchaus wieder was reinpassen würde. Ich gehe sogar so weit zu sagen, dass wer vor einem ›halb vollen‹ Glas sitzt, dem Leben nicht richtig ins Gesicht schaut. Diese Menschen machen sich auch vor, dass zwei plus zwei vier ergibt. Sicher mag das oft stimmen, aber man sollte immer ein bisschen auf der Hut sein, denn nicht umsonst heißt es: Wer glaubt, dass Abteilungsleiter Abteilungen leiten, der glaubt auch, dass Zitronenfalter Zitronen falten.

Ich hoffe, dass das so weit bis hierhin klar geworden ist, denn Sie liegen mir wirklich am Herzen, liebe Leser, auch wenn ich schon mal was ruppig zu Ihnen bin, und ich möchte nicht, dass Sie, naiv wie Sie sind, über die Fall-

stricke dieses Lebens stolpern und voll auf die Fresse segeln.
Ich mache das ehrlicherweise aber auch nicht ganz uneigennützig, denn ich habe durchaus Respekt davor, dass sich unter Ihnen ein Cleverle befinden könnte, der beim erstbesten Sturz auf der Straße einen Anwalt einschaltet und mich verklagt, ich hätte ihn nicht ausreichend auf die überall lauernden Gefahren hingewiesen.
Da muss man ja nur mal nach Amerika schauen. Die sanieren sich und gleich ihre nachfolgenden Generationen da mit zu heißen Schlucken Kaffee. Da darfst du so dämlich sein, trinkst einen heißen Kaffee auf ex, reißt dir damit den ganzen Schlund auf und kriegst Millionen von der Versicherung des Kaffeevertreibers, der dich nicht drauf hingewiesen hat, dass er einer der ganz wenigen ist, die Kaffee mit heißem Wasser zubereiten. Ich bin mir ziemlich sicher, dass man da auch klagen kann und Recht bekommt, wenn der Kaffee nur lauwarm war, denn schließlich nennt sich ein Kaffee doch auch ›Heißgetränk‹.
Deswegen tut mir der zuckerkranke Typ auch so Leid, der gegen die Hersteller der Süßigkeiten geklagt hat, die er täglich zentnerweise zu sich genommen hat. Was für ein Pech, dass er nicht in den USA lebt, sondern im engstirnigen Deutschland, wo sie einem nicht mal das Schwarze unterm Fingernagel gönnen und einem dann noch mit *Eigenverantwortung* kommen. Gegen diese so genannte *Eigenverantwortung* hätte der Mann generell ja vielleicht auch gar nichts gehabt, aber woher sollte der denn wissen, *wann* genau die zum Tragen kommt?! Das hat diesem armen Kranken *niemand* gesagt, alle haben ihn ja einfach machen lassen! Wo leben wir denn?!
In Amerika, da wäre das überhaupt kein Thema gewesen, dass der Hersteller von Süßigkeiten ja wohl selbstver-

ständlich deklarieren muss, dass er zur Herstellung der Süße Zucker verwendet und dass Zucker grundsätzlich nicht zum Verzehr geeignet ist. Ich wette sogar, dass die in Amerika auch so Hupen in Schokoriegel einbauen müssen, die, wenn man die ganzen Warnschilder übersehen hat, durch einen ohrenbetäubenden Lärm den Kunden zum sofortigen Ausspucken anhalten.
Manch einer hat sich schon geärgert, dass er hier statt in den USA wohnt. Es gibt ja auch hier genug Leute, die bedauern, dass wir nicht den Service der Todesstrafe anbieten. Denen würde ich allerdings zum Umzug raten. So Leid es mir tut, aber ich glaube, in der Hinsicht wird in unserem Land auch langfristig nichts für einen getan.
Vielleicht kann man ja anregen, dass, wer die Todesstrafe vermisst, von hier aus staatliche Hilfe bekommt, das Land hopp, hopp zu verlassen. Man könnte ein hübsches Starterpaket schnüren mit Gratisflug und Existenzgründungsscheck und dann geht's ab ins Schlaraffenland nach USA, Thailand (besseres Essen!), Malediven – obwohl ich zum letzten Ort sagen muss, dass die Sache da ein bisschen eingeschlafen ist. Soviel ich weiß, haben die dort die Todesstrafe zwar noch nicht abgeschafft, aber die letzte Hinrichtung fand 1952 statt. Und ob die dann so was noch mal richtig auf die Beine kriegen, ist natürlich fraglich.
Wer ganz sicher gehen will, fragt am besten bei Amnesty International nach. Nur ganz knapp um Information bitten, damit man sich nicht plötzlich in einer unerfreulichen Diskussion mit einem Todesstrafengegner befindet. Da muss man sehr aufpassen, die Leute von Amnesty erzählen einem die Geschichten von Hinrichtungen oder auch Folterungen derart unappetitlich, dass man da fast den Spaß dran verlieren könnte. Und das wäre wirklich schade. Wenn man es doch nun schon mal so weit geschafft

hat, dass man staatliche Hilfen zum Neubeginn weit weg in der Tasche hat und noch ein Schreiben des Bundespräsidenten, der einem alles Gute wünscht, verbunden mit der Empfehlung, an eine Rückkehr gar nicht mehr zu denken.
Ein kleiner Tipp fällt mir da zum Abschluss noch ein, vielleicht wäre für so jemanden ja die Umsiedlung ins Tierreich auch etwas. Da heißt es doch noch viel unverbogener ›Auge um Auge, Zahn um Zahn‹, da gilt in vielen Gattungen, die nicht altruistisch leben, noch das schöne Gesetz vom ›Kampf ums Überleben‹. Obwohl meines Wissens die Tiere in ihrem sozialen Leben doch eher differenzierter entwickelt sind als wir Menschen. Da müsste man sich mal genauer informieren, in welcher primitiven Tierart vielleicht aber doch die Blutrache praktiziert wird. Man hätte da nämlich noch den Vorteil, dass man den ganzen Tag an der frischen Luft wäre.
Oder, noch besser, einfach losfahren und vor Ort selbst gucken. Dann wär man schon mal da. Auf jeden Fall nicht mehr hier. Und das wäre schon mal ein guter Anfang.

Ich muss Ihnen etwas gestehen.
Ich habe beim Verlassen eines Geschäfts aus dem riesigen, übervollen Schirmständer einen Schirm mitgehen lassen.
Jetzt schreien Sie mal nicht sofort hier rum, ich schreibe diese Zeilen schließlich schon mit entsprechendem Unrechtsbewusstsein! Und die Geschichte geht ja noch weiter:
Also. Beim Verlassen des Hauses hatte ich mir noch eingebildet, dass ich den kurzen Gang in die Stadt ohne Regenschutz schaffen würde. Ja, das war dumm von mir. Aber ich bin auch nur ein Mensch und ich habe mich den Tat-

sachen nicht stellen wollen: Es sah ziemlich nach Regen aus.
Recht zügig löste der Himmel auch sein Versprechen ein und machte mich klatschnass, sodass mir nur noch die Flucht in einen Klamottenladen blieb. Hier wollte ich mich aber nicht lange aufhalten, ich hatte ein anderes Ziel, das aber ohne Hilfe nicht zu erreichen war. Und in dieser aussichtslosen Situation habe ich mich am Schirmständer vergriffen. Ich hatte mal kurz überschlagen, dass der Ständer zwar komplett voll war mit Schirmen, aber umgerechnet auf *alle* sich im Laden befindlichen Kunden hätten sie eh hinten und vorne nicht ausgereicht. Da kam es im konkreten Fall dann auf einen weniger auch nicht mehr an. Für mich aber schon.
Und natürlich für denjenigen, dessen Schirm ich mir genommen hatte. Nun gut.
Hier sind wir aber jetzt am entscheidenden Punkt meiner Erzählung:
Ich bin stark dafür, dass die Nutzung von Schirmen grundsätzlich neu geregelt wird. Es ist aus meiner Beobachtung und Lebenserfahrung heraus vollkommen unsinnig, dass Schirme überhaupt mit der Eigentümerfrage verknüpft sind.
Jeder von uns kennt Menschen, die einen abends auf der Party mit so langweiligen Geschichten zu unterhalten versuchen, dass sie so der Typ »Schirmvergesser« sind und so weiter. Wir wissen dann bereits, wie diese Geschichte weitergeht, weil uns das natürlich ständig selbst passiert.
Und beim Arzt oder Friseur haben wir schon mehr als einmal beim plötzlichen Regenguss vom freundlichen Personal einen völlig fremden, in der Regel hässlichen Schirm mitgegeben bekommen, den jemand anderer, den

du wahrscheinlich heute Abend auf einer Party triffst, hier hat stehen lassen. Ich würde demjenigen dann einfach zuvorkommen und ihm ausführlich erzählen, dass ich heute beim Arzt oder Friseur einen Schirm mitgegeben bekommen habe, den ein anderer zu einem früheren Zeitpunkt dort hatte stehen lassen. Und ob er das sei.
Zurück zum Kern. Konsequent weitergedacht kann das nur bedeuten, dass es dringend an der Zeit ist, den Umgang mit Schirmen dahin gehend zu verändern, dass *alle* Schirme grundsätzlich *allen* zugänglich sein müssen. Das sieht dann so aus: Es regnet. In diesem Moment verlassen diejenigen, die sich gerade drinnen aufhalten, natürlich *mit* Schirm den trockenen Ort und – jetzt aufgepasst – stellen ihn *sofort* bei Regenende in irgendwelchen Schirmständern beziehungsweise da, wo sie gerade sind, wieder ab. Beim nächsten Regen greift jeder zum nächstbesten Schirm, nutzt ihn, solange es nass von oben kommt und – zack – wieder abstellen. Wer bei inflationärem Regen keinen Schirm mehr abgekriegt hat, geht bei einem Schirmträger mit drunter.
Kein Gezicke! Der Schirm gehört schließlich *allen* beziehungsweise *keinem*.
Und das Gleiche machen wir dann mit Luftpumpen. Es kann nicht angehen, dass mein Freund Eberhard der Einzige ist, der sich ständig eine neue Luftpumpe kaufen muss, weil er seine immer am Rad lässt in der Ansicht, dass *irgendwann* ja mal alle eine haben müssten.
Wenn Ihnen noch Gegenstände einfallen, die albernerweise in den Privatbesitz eines Einzelnen gehören, aber deren Nutzung dringend anders geregelt werden sollte, schreiben Sie mir bitte. Wohin, weiß ich jetzt auch nicht, ich glaube, der Verlag wird sich ganz schön bedanken, wenn da so viel Post ankommt, schließlich habe ich Sie ja bis

hierhin schon mehrfach zur Mitwirkung aufgefordert. Mir würde es auch reichen, wenn ich irgendwann auf anderem Wege erfahre, dass Sie in Ihrem persönlichen Rahmen damit begonnen haben, Fahrräder kreuz und quer zu benutzen.

Ich glaube, es lohnt sich, dieses Modell langsam und fortschreitend auf alles anzuwenden, was einem im Laufe der Zeit eh geklaut wird.

Der intelligente Leser/die intelligente Leserin merkt sicher sofort, dass der von mir vorgeschlagenen Um-Nutzung von Gegenständen *keinesfalls* das Motto »Geiz ist geil« zugrunde liegt! Mir ist äußerst wichtig, dass ich da nicht missverstanden werde! Ich habe mich zwar, als ich diesen megabeschissenen Slogan das erste Mal erwähnte, noch vornehm zurückgehalten, aber das kann ich an dieser Stelle nicht mehr länger durchhalten.

Nur als kleine Anregung, so mache ich es jedenfalls schon länger:

Ich habe geizige Leute aus meinem Freundeskreis aussortiert und nach unten in den Bekanntenkreis geräumt. Da ist bei mir Feierabend.

Ich setze natürlich als bekannt voraus, dass Geiz oder sein Gegenteil, die Großzügigkeit, *nichts* mit reich oder arm zu tun hat. Und Großzügigkeit wiederum hat nix zu tun mit Verschwendung.

Merken Sie was?

Frau Stratmann klugscheißt schon wieder. Das *kann* ich ja nicht leiden!

Letztens hab ich mich sogar erwischt beim Selbstgespräch. Da war wohl gerade keiner in der Nähe, den ich zulabern konnte, und da hab ich dann auf mich selbst zurückgegriffen. Das ging aber nicht lange gut. Ich lass mir ja nichts gefallen. Und da *hab* ich mir aber Bescheid gesagt! Da hätte manch einer rote Ohren von gekriegt. So deutlich werden ja die wenigsten mit einem. Man muss dafür natürlich auch allen Mut zusammennehmen. Das liegt nicht jedem. Und es kommt auch nicht immer gut an, das muss ich schon sagen.

Früher habe ich eigentlich recht zügig anderen meine Meinung gesagt, wenn mir etwas nicht gefiel. Also Kutschikutschi-Programm oder langes Drum-herum-Reden war bei mir nicht.

Heute mache ich das hauptsächlich mit mir selbst, weil ich da sicher sein kann, dass ich mir das nicht lange übel nehme. Ich weiß halt, dass ich sehr direkt bin, und nehme mich in diesem Punkt eben, wie ich bin. Das fällt mir nicht immer ganz leicht, weil man da schon einiges vertragen können muss, aber ich weiß, dass es grundsätzlich ehrlich von mir gemeint ist. Und wenn ich etwas dagegenzusetzen habe, dann hör ich mir das auch an. Kann auch nicht jeder.

Wie machen Sie das denn?

Wie halten Sie es denn so mit dem Selbstgespräch?

Nutzen Sie diese Macke, um sich dann in einem direkt was Sinnvolles zu sagen, oder vertun Sie diese Chance und reden dummes Zeug?

Ich habe Sie jetzt gar nicht gefragt, ob Sie *überhaupt* Selbstgespräche führen, aber das habe ich einfach vorausgesetzt, weil meine Beobachtungen in näherer und fernerer Umgebung dafür sprechen. Je älter man wird, desto mehr Selbstgespräch.

Ich meine nicht die pathologische Form, sondern eher das gesellige Beisammensein mit sich selbst.

Sie werden mich also nicht im Bus sitzen und die Lippen bewegen sehen. Das ist dann wieder eine ganz andere Baustelle.

Da kenne ich mich nicht so mit aus.
Ich finde einfach, dass man, wenn gerade keiner da ist, ruhig die eigene Anwesenheit nutzen soll, um es sich mit sich selbst so richtig nett zu machen. Gut, manchmal muss man mit sich schimpfen, wie ich oben beschrieben habe, aber generell sollte man Selbstgespräche einsetzen zur eigenen Belustigung.
In Fällen, wo einem die volle Teekanne mitten in der Küche aus der Hand rutscht, sollte man zum Beispiel nicht auch noch krampfhaft stumm bleiben, sondern direkt mit einem aufmunternden Spruch den Verlust an Kanne und Zeit vereiteln. Den Händen, die in dem Moment nicht ordentlich auf Zack waren, kann man lustige Fragen stellen wie: »Was wollt ihr denn mal machen, wenn man euch zwei Finger amputiert?«
Oder zur Kanne sagt man: »Geh doch zurück zu deiner Mutter!«
An die Qualität der aufmunternden Sprüche sollte man allerdings unter dem Eindruck des vorangegangenen Schrecks nicht *zu* hohe Ansprüche stellen.
Ein weiterer Vorteil dabei: Man kann ungestört und beherzt lachen, denn weder die Hand noch die Kanne gucken einen strafend an und sagen: »Hahaha, wie witzig«.
Wenn man auf die Dauer zu oft unzufrieden ist über den Unterhaltungswert der spontanen Kommentare, kann man sich ja für die häufig wiederkehrenden Missgeschicke einen kleinen Sprüchekatalog anfertigen.
Stößt man beim Verlassen des Raumes mit dem Türrahmen zusammen, kann man ihn zum Beispiel gespielt vorwurfsvoll angucken und sagen: »Hey, wir waren aber auch schon mal schlanker!«
Fährt der Bus einem vor der Nase weg, ruft man ihm einfach hinterher: »Da hat aber einer Angst gekriegt!«

Und was sagen wir zur überlaufenden Badewanne, wenn wir wieder zu spät nachgucken: »Na, du alte Schüssel, haste wieder einen übern Durst genommen?«

Zum oben genannten Beispiel mit der zerbrochenen Kanne sei noch hinzugefügt, dass diese beiden Sprüche sich für *alle* Fälle eignen, in denen einem etwas aus der Hand fällt. Das ist nämlich auch noch zu beachten: Je allgemeiner man seinen spontanen Text nach dem Missgeschick hält, desto häufiger kann man ihn anwenden und man hat sich dann nicht nur für *einmal* die kreative Mühe machen müssen. Dabei sollte man dann nur darauf achten, ab wann man sich von den eigenen Bemerkungen gelangweilt, also nicht mehr gut genug unterhalten fühlt. Dann ist es Zeit, die Sprüche auszutauschen. Ich sage ganz bewusst ›auszutauschen‹, weil man, bevor man einen Spruch, der einem ja eine Zeit lang viel Freude gemacht hat, endgültig wegschmeißt, überprüfen sollte, ob er nicht vielleicht noch zu einem anderen Anlass taugt. Sogar die Falschanwendung eines Spruchs kann einem ein völlig neues Lachen entlocken. Dieses Lachen hat dann den Charakter des Insiders, der augenzwinkernd einen alten bekannten Gag honoriert.

Also: Zur Badewanne sagen »Hey, wir waren aber auch schon mal schlanker!« kann, je nach Humor, den Anwender noch mal kurzfristig amüsieren. Danach ist es aber auch durch. Da darf man sich nichts vormachen: Irgendwann sind die Dinger einfach ausgelutscht. Man ist auch nicht immer gleichermaßen auf der Höhe beim Erfinden eines Missgeschick-Spruchs, das muss man auch berücksichtigen. Schließlich kann man, lustige Type hin oder her, durchaus auch schon mal stocksauer sein, wenn einem die volle Mülltüte im Treppenhaus platzt, zwei Stockwerke, bevor man an der Hoftür, hinter der sich die Mülltonnen

aufhalten, angekommen ist. Wenn einem dann nur ein böses »Scheiße!« gelingt, muss man sich halt abends nochmal dransetzen, wenn man wieder entspannt und tierisch gut drauf ist.
Wenn wir ganz ehrlich sind, müssen wir zugeben, dass wir über manche Missgeschicke sogar richtig dankbar sind. Denn versuchen Sie mal zu leugnen, welch hoher Unterhaltungswert in einer Panne steckt, bei der der Protagonist beim Öffnen des Geschirrschranks unter selbigem begraben wird, so wie Kinder im Sommer ihre Mutti am Strand einbuddeln.
Dann noch den Tassen und Tellern mit auf den Weg geben: »Na, na, na! Schön einer nach dem andern!« – das könnte dem Ganzen noch eine zusätzliche Würze verleihen, aber letztlich steht solch ein Ding natürlich für sich. Man muss auch hier wieder hübsch bescheiden bleiben, denn nicht *jeden* idiotischen Vorfall kann man noch mit menschlichen Mitteln toppen, wie uns die vermeintlich toten Gegenstände des täglichen Lebens lehren.

Jetzt haben wir uns aber lange genug an lustigen Details unseres jämmerlichen Daseins aufgehalten. Ich muss Sie unbedingt wieder mit einer Entwicklung konfrontieren, die mich aufs Höchste alarmiert. Mit dem Thema selbst habe ich Sie schon vorher vertraut gemacht, aber auf eine Variante muss ich Sie an dieser Stelle nochmal gesondert hinweisen:
die zunehmende Lidlisierung oder auch Aldisierung in unserem Land. Zum Kotzen finde ich diese Boulevardbeiträge auf egal welchem Sender, wo Prominente den tierisch schicken Trend prägen, dass sie sich nicht zu schade sind, bei Billigdiscountern einzukaufen. Schon denkt der kleine Mann: Ah, das ist eine von uns!

NEIN! Ist sie nicht! Die hat in jeder Hosentasche mehr Kohle als Sie Tassen im Schrank!
Was wirklich passiert?! Die hilft einfach dabei, dass wir bald in den Wohnvierteln keinen einzigen Einzelhändler mehr haben, weil ja die ganze Stadt mit dem Auto bei Aldi vorfährt.
Ich freu mich schon darauf, wenn ich, um noch irgendwo einen Krämerladen zu besuchen, stets nach Frankreich, Italien, Spanien oder England reisen muss.
Wie blöd muss man eigentlich sein, um stolz in eine Fernsehkamera zu sagen – ich will die Kollegin jetzt nicht beim Namen nennen, sie moderiert täglich eine Sendung und hat dunkle Haare –, dass man die Milch *nur noch* bei Aldi für 55 Cent kauft und die ist echt gut! WIE BITTE?! DIE IST ECHT GUT?! BEI 55 CENT??? WIE SOLL DAS DENN GEHEN?! Liebe doofe Prominente mit prallvollem Konto, rechne mir das doch bitte mal vor von der Haltung der Kuh, über Herstellung der Milch bis zum Eintreffen im Geschäft, wie dabei ein Preis von 55 Cent für *echt gute* Milch zustande kommen soll! Und wieso ausgerechnet du, die sich keine Sorgen machen muss, wie sie ihre Familie bei steigenden Preisen satt kriegen soll, dich arrogant gleichtuerisch mit ihnen an die Kasse stellst und dabei den Einzelhandel draufgehen lässt, weil du Geiz so geil findest.
Bei Leuten ohne Kohle handelt es sich um Sparen-*Müssen*. Bei dir ist es der pure Geiz und geh mal zum Spiegel, ob du schon so bescheuert aussiehst wie dein Einkaufswagen. Und lass den Euro nicht stecken, wenn du die Karre zurückschiebst!
Ich kann dir gar nicht mehr sagen, den wievielten Gemüseladen ich in meinem Wohnviertel schon hab einpacken sehen, weil die nur noch für ein paar Leute aufgemacht ha-

ben. Das waren alles Läden in Familienbesitz, die saudumm in die Röhre gucken, wenn ihre Existenz platt ist. Dir haben doch bestimmt die ganzen Hochwasseropfer *irre* Leid getan, die ihre Metzgerei oder andere Geschäfte aufgeben mussten. Aber ein Laden, dem die Suppe nicht durchs Geschäft läuft, kann ruhig dichtmachen, oder wie?! Ich sag dir mal was: Aldi, Lidl und wie sie alle heißen, das ist das Hochwasser für die kleinen Läden.
Verstehste? Das war jetzt etwas kompliziert, entschuldige.
Entschuldigung, liebe Leute, als meine Leser müssen Sie da durch. Mich bringen diese Sachen tierisch auf die Palme und als ich heute in der Zeitung las – ach, was soll's, jetzt mach ich auch noch mal eben Werbung für die Frankfurter Allgemeine Sonntagszeitung –, dass die Künast zurückgepfiffen wurde mit ihrem Vorschlag, den Discountern das Dumpinggebaren zu erschweren, platzte mir die Halsschlagader und mein Mann wurde voll gequatscht, der aber in dem Punkt eh meiner Meinung ist, und jetzt müssen eben Sie dran glauben. Und die eben erwähnte Kollegin, die in ihrer Schlichtheit leider nicht alleine ist. Ich geh jetzt mal eine Runde raus an die frische Luft. Mal auf andere Gedanken kommen.

So. Das war eine gute Idee. Ich war eine Stunde raus und dann hab ich noch die Wäsche vom Ständer genommen. Vom *Wäsche*ständer.
Menschenskinder, Leute! Ihr wollt mich doch wohl nicht auf dieses schlüpfrige Niveau zerren. Jetzt fall ich aber um! *So was* wollt ihr lesen? Also die ganz billige Nummer mit untenrum? Die Abteilung »hups, ich hab ja gar kein Höschen an«?!
Das kann ich jetzt nicht fassen! Damit hätte ich nie ge-

rechnet. Da kommen Sie so ganz normal in Schlips und Kragen daher und plötzlich wird klar, Sie wollen das ganz versaute Zeug.
Entschuldigen Sie, wenn die Buchstaben etwas verwackelt sind, ich schüttele mich gerade. Ich muss nochmal eine Runde um den Block.

So ganz habe ich mich immer noch nicht eingekriegt, aber vielleicht erzähle ich Ihnen mal was Lustiges:
wie ich gestern an einem *funkelnagelneuen* Automaten versucht habe, eine Fahrkarte der Deutschen Bahn zu erwerben. Innerhalb der mir verbleibenden 10 Minuten wollte ich das schaffen. Aber das hätte mir sicherlich jeder Mitarbeiter der Bahn sagen können, dass ich mit 10 Minuten natürlich nicht weit komme. Da fing das Ganze schon an: dass ich nicht vorher einen gefragt habe, ob das überhaupt zu machen ist, eine Fahrkarte am Automaten innerhalb von 10 Minuten.
Ich glaube, bei der Entwicklung der Geräte hat die Bahn sehr weitsichtig an die ganzen einsamen Menschen gedacht, mit denen längst keiner mehr redet. Der Automat stellt nämlich irrsinnig viele Fragen und möchte nach jeder Antwort noch mehr von dir wissen. Wahrscheinlich gibt es unter den Kunden einige, die mit derart ausgeprägtem Interesse an ihrer Person gar nicht umgehen können.
Zuerst gibst du an, dass du eine Fahrkarte möchtest, und an diese Bitte knüpft sich dann hopplahopp ein munteres Gespräch zwischen der Deutschen Bahn (vertreten durch ihren Automaten) und dir (vertreten durch dich):
Du: Fahrkarte
Er: Was ist denn Ihr Abreisebahnhof?
Du: Köln

Er: Wo möchten Sie denn hin?
Du: Düsseldorf
Er: Was machen Sie denn da?
Du: Besuch
Er: Wollen Sie über Frankfurt, Berlin, Ratingen oder Leverkusen reisen?
Du: Leverkusen
Er: Haben Sie eine BahnCard?
Du: Ja
Er: Wo gefällt's Ihnen eigentlich besser, in Düsseldorf oder Köln?
Du: Egal
Er: War nur so ne Frage. Wann soll's denn losgehen? Heute, morgen, übermorgen, überübermorgen, nächste Woche, übernächste Woche, überübernächste Woche, dieses Jahr, nächstes Jahr, übernächstes, überübernächstes Jahr?
Du: Sofort
Er: Hui, da hat's aber einer eilig. Möchten Sie auf der Fahrt etwas trinken, essen, lesen?
Du: Trinken
Er: Haben wir nicht.
Du: (Soll ich mich jetzt bei einem Beamten beschweren gehen oder klick ich nochmal auf »Fahrkarte«?) – – –
Er: Ja, wollen Sie denn jetzt verreisen oder nicht, lange nichts gehört.
Du: Ja
Er: Wohin nochmal?
Du: Düsseldorf
Er: Warum?
Du: Besuch
Er: Wollen Sie über Frankfurt, Berlin, Ratingen oder Leverkusen reisen?

Jetzt guckst du das erste Mal wieder auf die Uhr, denn dazu hat dir der Automat in seinem Eifer ja vorher gar keine Zeit mehr gelassen, und du bemerkst:
Der Zug ist weg.
Du wirst fast ohnmächtig vor Wut, da entdeckst du am Apparat neben dir einen Menschen, der noch viel schlechter dran ist:
Er ist zwar insgesamt im Fragenkatalog weitergekommen, auf dem Monitor ist zu lesen, ob er bar, mit EC-Karte, mit Kreditkarte, vom eigenen oder geliehenen Geld, mit Euro oder britischen Pfund zahlen will und ob er schon die Masern hatte. Aber dafür steht er, glaube ich, schon mehrere Tage hier, denn seine Kleidung ist eher neu und teuer, wozu aber sein ungewaschenes Haar und das unrasierte Gesicht mit den Tränenspuren überhaupt nicht passen.
Du nimmst diese hilflose Person mit zur Bahnhofsmission, denn deinen Zug hast du eh verpasst. Dort empfängt dich das Personal schon mit Kennerblick und beim Blick durch den Raum siehst du viele Menschen, die schon seit Tagen nicht mehr zu Hause gewesen sein können, ihr Pflegezustand spricht Bände.
Die Mitarbeiterin der Bahnhofsmission erklärt dir mit sorgenvollen Augen, dass die Traumatisierung der Reisenden durch Fahrkartenautomaten *drastisch* zugenommen habe und sie den Andrang bald nicht mehr mit den vorhandenen Mitteln bewältigen können. Das Problem sei, dass ja seit Wochen niemand mehr per Bahn die Stadt verlassen könne, der nicht eine Monatskarte hat, mit der er einfach den Zug besteigen kann. Die Leitung der Deutschen Bahn habe das Problem mittlerweile erkannt und

aus Berlin seien schon erste Anzeichen da, dass sich Bundesgesundheitsministerin Ulla der Sache annehmen will. Das würde ihnen als Bahnhofsmission zusätzlich große Sorgen machen.

Noch wüssten sie nämlich nicht, wie sie allein den ersten Vorschlag von Frau Ulla umsetzen sollen:

In direkter Nähe zum Hauptbahnhof soll von den Angehörigen der Automaten-Trauma-Patienten eine Klinik gebaut werden (dafür könnten 3 Hotels abgerissen werden) und die 3,8 Milliarden Euro (modernste Ausstattung) dafür sollen dadurch zusammenkommen, dass außer den oben erwähnten Angehörigen für die ersten 2 Jahre ehrenamtliche Hausfrauen über 50 die Pflege übernehmen.

Und dann mal gucken. So viel aus Berlin.

Du verabschiedest dich freundlich von der Missionarin, bevor du in Tränen ausbrichst, und rufst in Düsseldorf an, dass es heute nichts wird mit einem Besuch, gehst in die Stadt und kaufst dir ein Auto.

Mit dem Auto stellst du dich dann täglich in den Stau und hast mal richtig schön Zeit zum Radiohören.

Im Radio wirst du dann unterhalten von pfiffigen Moderatoren, die supi-locker und modern die tausendste Telefonaktion anmoderieren: »Huuh, ist das kalt geworden! Was machen Sie denn bei dem kalten Wetter? Rufen Sie uns an unter ... und erzählen Sie uns, wie Sie gegen die Kälte angehen!«

Du denkst, ich arme Sau, jetzt klemme ich hier schon im Stau und soll mir auch noch anhören, wie da reihenweise Leute anrufen und von warmen Pullovern berichten!

Clever wechselst du den Sender. Und gerätst an einen quietschvergnügten, hippen Moderator, der sich für die nächste Moderation ausgedacht hat, mit den Hörern mal über dieses saukalte Wetter zu reden. Dazu soll man ihn

nach der nächsten Musik anrufen und die schönsten, skurrilsten, lustigsten Geschichten erzählen, als man mal gefroren hat.
Gut, dass die Cordula Stratmann ihr Bühnenprogramm jetzt auch auf CD herausgebracht hat, denkst du und schiebst dir die Scheibe in den Player. Fünf Minuten später fährst du mit tränenblinden Augen vor Lachen beherzt auf deinen Vordermann auf und hast jetzt so richtig die Scheiße am Hacken. Und kommst ins Grübeln, ob zwischen Unterhaltungswert auf der einen und Unfallaufwand auf der anderen Seite die Verhältnismäßigkeit gegeben ist.
Diese Frage wurmt dich so richtig und zu ihrer Beantwortung schilderst du abends einem Freund erst den genauen Hergang des Auffahrunfalls und wie sich der Vordermann fast umgebracht hat vor Aufregung und dann spielst du ihm die CD vor. Der Freund drückt direkt auf Stopp und sagt: »Das hab ich sowieso nicht verstanden, wieso du dir die CD von der Stratmann gekauft hast. Ich fand die noch nie komisch. Und um zu deiner Frage zu kommen: Nein, das steht in keinem Verhältnis zueinander.«
Manchmal machen Freunde eine Sache nur noch schlimmer.

Haben Sie eigentlich einen Lieblingsitaliener?
Muss man aber.
Abends noch schnell einen Happen essen gehen mit dem Schatz. Beim Lieblingsitaliener. Das ist der, der in der jeweiligen Szene »der Beste!« ist.
Der begrüßt Sie dann an der Tür mit Handschlag und zeigt dem ganzen Lokal, dass er sich schon den ganzen Tag tierisch auf Sie gefreut hat.

Damit wissen dann alle im Saal: AAACHTUNG! Die sehen jetzt zwar nicht aus wie die Gottschalks, aber die müssen irgendwas mit denen zu tun haben!
(Und dass die Gottschalks megawichtig sind, zeigt mir das Rechtschreibprogramm meines Computers, das ich ums Verrecken nicht ausgeschaltet kriege. Wenn ich nämlich muss mit ß schreibe, flippt das Gerät völlig aus und kleckert mir das ganze Wort rot, weil es muss mit ß gar nicht kennt. Aber bei »Gottschalk« kann ich hören, wie es die Hacken zusammenschlägt und ohne jede Regung beflissen das Wort wiedergibt.)
Ich habe natürlich auch einen Lieblingsitaliener. Ausgewählt habe ich den unter seinen ganzen Spaghettikocherkollegen, weil der darauf verzichtet, bei jedem Teller, den er auf den Tisch stellt, »Buon appetito!« zu italienern oder auch gerne mal ein »Prego, Signora!«.
Das ist ihm zu blöde, weil er nämlich seit circa 30 Jahren in Deutschland lebt und einwandfrei Deutsch spricht.
Ist mir sehr recht. Ich bilde nämlich sofort Pickel, wenn im Lokal der Italiener, der genauso lange im Rheinland lebt wie ich, einen auf Südeuropa macht und mich da ordentlich einitalienert. Weil er meint, so ist sie, die Kundschaft, will immer ein bisschen Neapel mithören.
Ich mach ja auch nicht in Palermo einen Laden mit kölscher Küche auf und schmetter an jedem Tisch den Gästen ins Ohr: »Na, Liebschen?! Schmecket?! Vorsischt! Heißunfettisch!!«
Beim *meinem* Nibbio kriege ich einfach nur leckere, italienische Landküche vorgesetzt, schmatze das in drei Happen rein, noch einen leckeren Landwein dazu, schlappschlapp, und die Cordula ist satt und zufrieden.
Kein Schnickschnack, kein Schaulaufen am Eingang, kein »Allora!«.

Und es hat *Jahre* gedauert, bis ich das erste Mal Giovanni zu Herrn Scaromozza gesagt habe.
Das finde ich ja eine absolut sinnvolle Einrichtung in Deutschland: das Siezen.
Ich weiß nicht, wie es Ihnen dabei geht, aber ich finde das regelrecht unappetitlich, in jeder Lebenslage von Hinz und Kunz geduzt zu werden.
Jetzt staunen Sie, was?
Da haben Sie doch echt gedacht, dass *gerade ich* die große Duz-Maschine bin, ne?
Ist nicht schlimm, jeder vertut sich mal. Ist ja immer noch früh genug, wenn Sie es jetzt erfahren.
Das hat was damit zu tun, dass ich mir den Abstand zu den anderen gerne selbst aussuche. Da bin ich empfindlich. Man kann auch sagen, da habe ich eine Macke. Eine empfindliche Macke.
Was ich auch vollkommen würg finde, ist dieses Bussibussi-Machen.
Mittlerweile sehe ich dabei leidlich professionell aus, weil es ja gerade in meiner Brongsche kein Entrinnen gibt.
Am Anfang habe ich mir eingebildet, das könnte ich irgendwie steuern, also, wenn ich das nicht wollte, dann könnte ich das einfach bleiben lassen. Falsch. Das funktioniert so, dass du in *dem* Moment, wo du die Hand zum Gruß ausstreckst, schon dein Gegenüber, bekannt oder unbekannt, an der Backe kleben hast. Vollprofis schmieren dir dann mit schief zu deiner Wange gedrehtem Mund auch noch einen Kuss dahin. Das geht so schnell, wie sich ein Schuss aus einer Waffe löst.
Und dann rechts-links-rechts.
Oder ein rechts weniger, das kapiere ich immer nicht, in welchem Fall welches Bussi. Aber auf jeden Fall Bussi.

Das Blöde ist, dass, wenn du dich verweigerst, *du* schuld daran bist, dass der Küssen-Wollende eine saudämliche Figur abgibt. Der steht ja dann mit seiner Schnute in der Luft. Und da du so unhöflich nicht sein möchtest, schmeißt du dich ins Getümmel, lässt dich übergriffig mehrfach am Tag bebussen und siehst dabei auch noch so aus, als ob du es erfunden hättest.

Damit kommen wir zur nächsten sinnvollen Einrichtung in unserem christlichen Abendland: der Beichte.

Ach ja, die Beichte. Da habe ich ja Jahrzehnte nicht mehr dran gedacht. Wie ich damals als Kind in den Wochen vor der Kommunion inflationär zum Beichten geschickt wurde und langsam Probleme kriegte, womit ich den Mann im langen Kleid in seinem Holzhäuschen noch beliefern sollte.

Wenn du da vor dem knietest, war das in dem Häuschen jedes Mal so scheißedunkel, dass du keine Chance hattest zu erkennen, wann du ihn endlich zum Grinsen gekriegt hattest oder wann er eine rote Birne bekam. Aber die Herren da drinnen waren ja absolute Vollprofis. Als ich meinem mal erzählt habe, dass ich beim Elternsprechtag als meine Mutter hingegangen bin und dem Lehrer gegenüber den Irrtum nie aufgeklärt habe, hat der mir genauso ein Vaterunser aufgegeben wie zu der späteren Erwähnung, dass ich ihn bei der Geschichte wohl angelogen hätte, weil, ich könnte ja schlecht meine Mutter sein. Die wäre übrigens total verknallt in ihn. Das wiederum hatte ich in dem Moment nur erzählt, weil ich einen letzten Versuch starten wollte, ein bisschen Schwung in die Sache zu bringen. Aber da drinnen: null Reaktion. Na ja, vielleicht war er zu dem Zeitpunkt ja auch schon tot. Jahre später erfuhr ich nämlich von meiner Mutter, dass er gestorben war.

Da hab ich nochmal gedacht, was ich doch für super Antennen hab, ich hatte ja damals schon ein ungutes Gefühl bei dem.

In der Regel kann ich mich auf meinen Instinkt ganz gut verlassen.
Gestern zum Beispiel stehe ich im Supermarkt, da bellt es plötzlich hinter mir im Gang und ich denke als Erstes: Na, da hat wohl jemand seinen Hund mit reingenommen. Ich weiß auch nicht, das ist bei mir so.
Genauso wenn ich im Schwimmbad einen zuerst in der Umkleide sehe und dann, wie er in die Halle geht, denk ich sofort: Der ist bestimmt zum Schwimmen hier. Fragen Sie mich bitte nicht, ich kann das auch nicht erklären. Das ist einfach … es passiert irgendetwas und – zack – hab ich dazu meine Theorie und – zack – die stimmt.
Ob man so etwas lernen kann? Das hab ich mich auch schon oft gefragt. Vielleicht erben. Meine Mutter ist genauso. Immer den sechsten Sinn für alles.
Sie hat immer zu mir gesagt, dass ich eine Riesenschlampe bin und mir vorausgesagt, dass man mich in meinen eigenen vier Wänden einmal nicht besuchen können wird. Sie hat natürlich Recht behalten. Zwar ist es bei mir schon seit meiner ersten eigenen Wohnung immer aufgeräumt und ich habe auch oft Besuch, aber wenn das nicht so wäre, hätte sie schon wieder genau richtig gelegen.
Mütter wissen wahnsinnig viel.
Erst im Erwachsenenalter habe ich begriffen, dass es in manchen Fällen gut ist, einen Arzt aufzusuchen. Ich bin aber mit einer stark arztophoben Mutter aufgewachsen, die mir stets mit der größten Überzeugung mitteilte, dass meine jeweiligen Beschwerden nicht schlimm seien. Die ein oder andere größere Narbe wäre mir mit dem Flick-

zeug eines Arztes sicher erspart geblieben, aber meine Mutter hatte die medizinische Versorgung der Familie komplett selbst übernommen. Und alles in allem ganz gut im Griff gehabt. Ein bisschen Schwund ist immer.

Wenn ich diese stechenden Schmerzen in der rechten Bauchseite hatte, stellte meine fachfremde Mutter erstaunlich unverkrampft fest, dass es sich hierbei *nicht* um den Blinddarm handelte. Und tatsächlich habe ich ihn bis heute noch. Wäre sie im selben Fall aber zu dem Schluss gekommen (alles durch bloßes Angucken, müssen Sie sich vorstellen!), dass mein Blindarm rausmuss, hätte sie das wahrscheinlich auch noch selbst gemacht.

Bei näherem Hinsehen muss ich rückblickend sehr dankbar für meine robuste Gesundheit sein. Schwein gehabt.

Damals fehlte den Familien ja auch das Operationsbesteck eines Chirurgen. Es fehlte ja praktisch an allem. Wir hatten ja nichts damals. Das war ja eine vollkommen andere Zeit.

Sie sehen, ich habe schon eine Menge mitgemacht.

Wie ich dabei so umwerfend jung geblieben bin? Danke schön. Aber 24 ist ja nun auch noch nicht *so* alt.

Da ist 55 zum Beispiel doch ein ganz anderes Alter. Obwohl ich das auch noch nicht irrsinnig alt finde. 140 – da denk ich dann schon, hui, ganz schön fortgeschritten!

Aber man ist ja immer so alt, wie man sich fühlt.

Wie fühlt sich eigentlich Loki Schmidt? Die hat doch auch eine ganze Menge hinter sich. Da siehst du der ja nix von an. Beziehungsweise sieht man sie auch nur noch selten. Vielleicht hat ihr mal jemand gesagt, bleib mal besser drinnen, so alt wie du jetzt bist. Hätte ich aber nicht gedacht, dass diese Frau so schäbige Ratgeber hat. Ich glaub ja eher, dass da der Helmut hintersteckt, denn der wird ja auch nicht jünger. Und wenn ihm auf seine alten Tage noch ei-

ner die Loki wegschnappt, kann er ja nicht mehr so schnell hinterherjagen, um dem eins auf die Zwölf zu hauen.
So wird ein Schuh draus.
Man muss sich schon die Mühe machen und über die Dinge mal etwas länger nachsinnen, wie man an diesem Beispiel sehen kann. Ich bin noch nie für schnelle Lösungen gewesen. Die führen zu nichts. Dann hätten wir jetzt im Fall Loki nämlich nur nach schäbigen Ratgebern in ihrem Umfeld gesucht. Und ruck, zuck hätten wir die Frau von Egon Bahr ausgemacht, die sich plötzlich einer Hetzjagd durch die Medien ausgesetzt gesehen und sich das Hirn zermartert hätte, wann sie überhaupt das letzte Wort mit Loki gewechselt hat.
Also, Leute, merken: Schnellschüsse sind brandgefährlich und aus der Frage, wer der Loki gesagt hat, sie sei zu alt zum Rausgehen, sollten wir uns komplett raushalten!
Wir holen uns da nur eine blutige Nase. Ist meine Meinung.
Den Rest müssen Sie selber wissen. Ich will Ihnen da nicht groß reinreden.
Man ist schnell ein schäbiger Ratgeber, wie uns Frau Bahr gezeigt hat.
In deren Haut möchte ich jetzt auch nicht stecken.
In meiner aber auch nicht unbedingt.
Wenn ich demnächst mit dem Buch hier fertig werde, muss ich ja mal langsam wissen, wie das ganze Ding dann heißen soll.
Ich hab schon mal überlegt, ob ich es »Das Telefonbuch« nenne, weil das ja wirklich *alle* haben wollen. Obwohl, seit dem Internet …
Aber ich habe dabei auch sonst noch ein blödes Gefühl.
Mich stört der Gedanke, dass mein Buch dann einen gebrauchten Titel hätte.

Nee, das muss frischer, neuer daherkommen.
Mehr in die Richtung »Frau Schmidt und Frau Bahr«. Aber modern ist das auch nicht gerade. Dafür sind die beiden Damen einfach zu alt. Denn ich finde, wenn Frau Bahr der Schmidt aufs Auge drückt, sie solle mal lieber zu Hause bleiben aus Altersgründen, dann sollte sie sich bitte auch an die eigene Nase fassen. Und ein Buch ausgerechnet nach den beiden Frauen zu nennen, die ziemlich zerstritten und in der Öffentlichkeit kaum noch vertreten sind, ist einfach keine gute Idee.
Und damit stehe ich dann wieder am Anfang.
»Wie ich mal in Amerika war«. Find ich gut. Ich weiß nur nicht, ob in dem Fall das *ganze* Buch von Amerika handeln muss. Aber deswegen jetzt die paar Tage, die ich da war, auf 150 Seiten strecken und den ganzen Rest wegschmeißen, ist auch Quatsch. Oder soll ich im Titel die Fotos mehr in den Vordergrund stellen? »Das Weiße Haus«?
Ich will mein Licht jetzt nicht unter den Scheffel stellen, aber ich glaube, da haben andere schon schönere Bilder von gemacht. Oder sagen wir mal, größere. Und mehr. Jedenfalls irgendwie besser.
Und wenn ich mein Buch »Titanic« nenne, weil ich ja, wie beschrieben, *zuerst* die Idee hatte? Das provoziert bestimmt auch nur Ärger.
Vor allen Dingen, weil sich auf den ganzen 150 Seiten einfach zu wenig um die Titanic dreht.
So geht es *mir* jedenfalls. Wenn der Schinken »Titanic« heißt, dann muss da wenigstens noch ein Interview mit der Kate Winslet rein, aber da krieg ich keins mehr bis zum Abgabetermin. Das kann ich vergessen. Da brauch ich gar nicht anrufen. Normalerweise bin ich ja der Typ »Nichtzufrühaufgeben«, aber in *der* Sache sagt in mir etwas »Na-

türlich kann es sein, dass die Kate, wenn sie davon erfährt, sagt, ach, das hätte ich doch immer noch irgendwie in meinen Terminkalender gekriegt«, aber im tiefsten Innern glaube ich einfach nicht daran. Und woran man nicht glaubt, da sollte man die Finger von lassen. Ist besser. Nachher ärgert man sich nur.

Das führt natürlich dazu, dass wir hier auf ein Buch zuschliddern, das ohne Titel im Buchhandel landet. Und dann möchte ich mal sehen, wer *das* kauft!

Dafür habe ich dann monatelang mein Arbeitszimmer zugepupst und bin vom Computer nicht weggegangen.

Das macht auch der Verlag nicht mit. Da bin ich mir ziemlich sicher. Die wollen knallhart was da vorne draufstehen haben.

Mir geht das ja nicht anders. Was glauben Sie, wie gern ich da was vorne draufschreiben würde! Das ist jetzt von mir auch gar kein böser Wille oder so oder dass ich irgendwie trotzig wäre, nein, es ist nur so, dass ich Ihnen im Moment die Erfahrung mitteilen kann, dass es *eine* Sache ist, ein Buch zu *schreiben*, aber eine *vollkommen, und zwar absolut* andere Sache ist, dem Kind dann aber auch einen Namen zu geben. Das geht ja vielen Eltern nicht anders. Wer sein Kind Scarlett (Hemmersbach) nennt, will gar nicht, dass das Kind dann sein Leben lang so gerufen wird, der ist einfach nur am Ende. Schließlich war vorher ja schon Zeugung, Schwangerschaft und Geburt. Und nach *so einem* Streifen finde mal was zu Hemmersbach.

Vielleicht nenn ich mein Buch einfach Ulrike.

So hieß meine zweite Puppe. Jaa, Leute, *damals* hatte ich noch das Fingerspitzengefühl für Namensgebungen von gewisser Tragweite. Auch später habe ich an diesem Schmoll-Schlummerle nie eine Namensänderung vorgenommen.

Aber diese frühen, sicheren Kinderinstinkte gehen einem ja später beim Rumleben alle verloren.
Ich hatte zum Beispiel auch noch eine andere Puppe von Bekannten meiner Eltern geschenkt bekommen, die unverhältnismäßig doof guckte. Da brauchte ich natürlich einen Namen, der so klang, wie sie aussah, und entschied mich letztlich für doofe Doris.
Menschenskinder, damals war ich 9, und heute, 30 Jahre später, führt die Suche nach einem Namen zu massiven Schlafstörungen, blockiertem Atem, verspannten Muskeln bis hin zu Kontaktarmut.
Wäre ich doch noch *einmal* das kleine Mädchen von damals!
Dann würde ich auch nicht *alles* supergerne essen und hätte dadurch eine natürliche Kalorienersparnis, zu der ich mich heute eines bewussten selbstquälerischen Akts bedienen muss. Früher brauchte man sich für mich gar nicht die Mühe der Zubereitung einer Linsensuppe machen, die ich Ihnen heute, bevor sie auf den Teller kommt, mit der Kelle aus dem Topf esse.
Ich muss auch zugeben, dass ich heute mit großem Unverständnis auf meine damalige Spargelablehnung zurückblicke.
Spargel ist ja wohl ein Hammer-Gemüse!
Ich habe den mal für Gäste zubereitet, indem ich ihn in schräge Scheiben geschnitten und mit Zuckerschoten angedünstet habe, in etwas karamellisierter Butter, frischen Estragon dazu und hauchzarte Kalbschnitzel, auch in Butter.
Fand ich aber nicht so lecker.
Weil ich nach allen noch so raffinierten Spargelgerichten zu dem Schluss gekommen bin: *Ich* mag den am liebsten einfach mit Salzkartoffeln und Schinkenröllchen mit Re-

moulade. Und statt Sauce Bearnaise stinknormale zerlassene Butter drüber. Bumms, aus, Ende.
Meine Gäste wollten unbedingt das Spargel-Zuckerschoten-Kalbs-Rezept haben, weshalb ich dieses Gericht im letzten Sommer dann bei Karsten und Anja auch wieder vorgesetzt bekam.
War lecker. (Ist Karsten nicht ein bescheuerter Name?)
Aber lieber hätte ich ihn mit Schinkenröllchen und Salzkartoffeln gegessen. Habe ich denen aber nicht gesagt. Jetzt mache ich mir Sorgen, dass ich einen Tacken *zu* begeistert war von der Zuckerschoten-Kalbs-Variante. Karsten und Anja kochen nämlich nicht so viel und wenn die mal ein Gericht haben, wo einer sagt, hm, lecker, machen die das andauernd. Bis letzten Sommer gab es zwei Jahre lang Chili con Carne. Das hatten sie bei Georg und Rita gegessen. Und wollten danach halt das Rezept haben. Haben es dann mal für Jens und Katja gekocht, die haben gesagt, hm, lecker, und der Rest ist bekannt.
Jetzt machen Georg und Rita das Chili aber mit Rind, wobei ich das mit Lamm viel schmackhafter finde. Außerdem mach ich da auch noch schwarze Oliven rein und verschiedene frische Kräuter. Da wäre ich aber fast schon mal von der Rezept-Polizei (Jürgen und Katrin) festgenommen worden. Weil das ja nirgendwo steht, dass da schwarze Oliven reinkommen. Das wäre also nicht das echte Chili, wie ich es mache, und ich dürfte das dann auch nicht so nennen. Dann könnte man ja auch gleich Hühnchen mit Reis als Bratkartoffeln anbieten, wenn ich das so lax handhaben würde.
Wir haben aber heute auch keinen Kontakt mehr mit Katrin und Jürgen.
Das ging irgendwann nicht mehr. Jürgen wollte zum Schluss sogar dabei sein, wenn ich kochte, was Katrin aber nicht

ausreichte, die sich schon zum Einkauf mit einklinkte. Im Laden bestand sie dann darauf, dass ich all die Zutaten, die nicht im Rezept angegeben waren (das Kochbuch hatte sie zur Kontrolle dabei), wieder zurücklegte.
Es war auch nichts mehr zu machen, dass zum Beispiel mein Mann statt meiner gekocht hätte oder dass wir essen gegangen wären. Das Misstrauen hatte die beiden so zugerichtet, dass sie die Lokale, die wir vorschlugen, unter keinen Umständen betreten wollten, weil sie vermuteten, dass da Essen gepanscht wird.
Ansonsten waren die beiden echt in Ordnung. Nur eben beim Essen verstanden sie absolut keinen Spaß. Und bei Klamotten. Beim Autofahren auch nicht. Und bei Kinofilmen. Bücher waren auch so eine heikle Sache.
Da kann man mal getrost von aus gehen, dass ich denen mein Buch hier überhaupt nicht erst zu zeigen brauche. Aber wir haben ja eh keinen Kontakt mehr. Dafür müsste ich nach langer Zeit erst mal wieder bei denen anrufen. Das ginge ja vielleicht noch, vielleicht würde man sich ja auch mal wieder verabreden nach so langer Zeit und wir sind ja auch alle älter geworden. Aber wenn ich denen dann mein Buch zeigen würde, bräuchten die da bloß einen Blick reinwerfen und schon wäre wieder klar, dass das mit uns einfach nicht geht.
Worin wir uns immer super verstanden haben, sind Eissorten. Wir konnten kreuz und quer jeder dem anderen ein Eis mitbringen und das hat immer gepasst. Vielleicht hat man auch deshalb so aneinander gehangen. Die Katrin hat immer gesagt: »Wenn ich mal ein Eis haben wollte, ihr wärt die Ersten, die ich anrufen würde.« Und das ist natürlich etwas, was erst mal eine starke Bindung schafft.
Aber was halte ich mich hier lange an vorbeien Geschichten auf.

Meine Schildkröte lag auch eines Morgens tot im Zimmer. Damit gehe ich Ihnen ja jetzt auch nicht auf den Geist. Und mit der war es unterm Strich viel harmonischer, wenn ich die Freundschaften jetzt mal vergleichen will.

Apropos Freundschaften. Ich war ja zu einem früheren Zeitpunkt schon auf Annoncen von mehr oder weniger verzweifelt Liebenden in Zeitungen eingegangen. Worauf ich dabei jetzt Ihre Aufmerksamkeit lenken will, ist Folgendes:

Du bist es, nur Du bist es.
Ich liebe Dich.
Nur mit Dir, ist alles Schöne wirklich schön.
Dein Rudolf

(Quelle: *Kölner Stadtanzeiger*)

Na, meine Damen und Herren, was fällt Ihnen auf?
Ich kann doch wohl davon ausgehen, dass das Komma in der dritten Zeile Sie ebenso wahnsinnig macht wie mich! Dem Rudolf unterstell ich einfach mal, dass ihm im Moment der Anzeigenaufgabe dermaßen der Gaul durchgegangen ist, dass wir froh sein können, dass er nicht zur Sicherheit hinter *jedem* Wort ein Komma gesetzt hat. Ich wünsche und hoffe für ihn, dass es ihn ebenso wie uns alle durchzuckt hat, als er sich die Anzeige aus der Distanz in der Zeitung angucken konnte. In dem Moment, in dem man dem geliebten Menschen eine öffentliche Nachricht zukommen lässt, darf man ruhig ein bisschen durcheinander sein (wobei *diese* Kommasetzung schon auf *sehr* durcheinander hinweist), allein, weil man davon ausgehen muss, ab jetzt von Hinz und Kunz aus dem Bekanntenkreis angerufen zu werden, die wissen wollen: »Rudolf,

warst du das?! Ich hab gleich an dich gedacht! Du hast da einen fetten Kommafehler gemacht!«

Viele Menschen leiden ja unter einer Kommataschwäche.

Worunter genauso viele »Menschen« leiden, ist das »Setzen« bestimmter Worte in »Anführungszeichen«. Der Versuch pointierten »Schreibens« ist ja durchaus »nachvollziehbar«, kann aber »leider« von Anführungszeichen nicht ersetzt werden.

Ja, die Stratmann ist die Tochter einer Lehrerin und klugscheißt infolgedessen manchmal aus heiterem Himmel rum. Ein Spontan-Klugschiss ist das dann. Aber wenn Sie sich da mal drauf einlassen, werden Sie sehen, es soll Ihr »Schaden« nicht sein und Sie lernen auch noch was »dabei«!

Ich muss mir hier ja schließlich auch ab und zu mal was von der Seele schreiben dürfen. Ich kann ja nicht *nur* nach den Lesern schielen. Es ist ja wohl zumutbar, dass ich mal einen kleinen Moment über etwas schreibe, was nur mich interessiert und vielleicht noch die Angebetete von Rudolf, der das Komma unter Garantie auch übel aufgestoßen, ist.

Viele von Ihnen können mich wahrscheinlich gerade eh nicht mehr leiden, dann kann ich den Sack auch noch ganz zumachen: Die Apostroph's sind auch so eine schöne Sache. Mehr will ich dazu jetzt aber echt nicht mehr sagen. Man darf den Bogen auch nicht überspannen, schließlich handelt es sich hierbei um des Lesers' Geduld. Und die ist auch nicht unerschöpflich. Vom Genervtsein her könnte ich sogar verstehen, wenn Sie diese Zeilen jetzt überschlagen haben, aber ich weiß nicht, ob das so gut für Sie ist. Manchmal muss man ja auch schon mal zähneknirschend etwas schwierigere Kost zu sich nehmen, nur aus dem

Grund, dass man dann doch hinterher einen Schritt weiter ist. Ich könnte mir wirklich vorstellen, dass Sie beim nächsten Brief, den Sie schreiben müssen, dieses Buch hier nochmal zur Hand nehmen werden, um rasch nachzuschlagen, wie das denn jetzt nochmal genau war mit den Kommata, den Anführungszeichen oder dem Apostroph. Obwohl ich Sie ja, was den Apostroph angeht, ein bisschen im Regen habe stehen lassen. Weil ich mich in dem Moment ein bisschen geärgert habe, dass Sie, anstatt sich zu freuen, dass ich Ihnen mal was sage, was nämlich sonst keiner macht, sich darauf stürzen, ich wäre eine Klugscheißerin und so.

So ist das ja oft: Man nimmt die Ratgeber nach Strich und Faden aus und zum Schluss beschmeißt man sie mit Dreck. Das ist abscheulich. Wer so ist, darf sich nicht wundern, wenn er beim nächsten Mal auf eine Frage die Antwort bekommt: »Ich wüsste es schon, aber verzeih, wenn ich dazu jetzt nichts sage, das Kostüm ist neu.«

Wenn ich auf der Straße von einem Fremden nach der Uhrzeit gefragt werde, ziehe ich heutzutage schnell meine Mütze ins Gesicht und laufe weiter, weil mir das Risiko zu groß ist, dass der Frager mir nach der Auskunft ein wütendes »Klugscheißer!« hinterherbrüllt und mit Bordsteinstücken schmeißt. Mich kränkt so etwas sehr. Vor allen Dingen, weil ich freiwillig nie eine Mütze tragen würde. Ich finde Mützen bescheuert. Sie machen einen Eierkopf, versauen JEDE Frisur und ganz besonders unvorteilhaft sind sie im Sommer. Weil ich ständig Mützen trage, bin ich mittlerweile auch so anfällig für jeden Infekt. Ich bin ja praktisch nicht abgehärtet. Immer zu warm angezogen. Damit das nämlich zum Outfit auf dem Kopf passt, trage ich immer ziemlich dicke Klamotten. Also halt auch im Sommer oft mal eine Thermohose, auf jeden

Fall immer meinen Lammfellmantel. Den brauch ich aber auch richtig. Im Laufe der Jahre isses dir nämlich ständig scheißekalt ab dem Moment, wo du aus dem Bett krabbelst.
Langfristig werde ich mit meinem Mann in die Sonne umziehen müssen. Damit ich mal Mantel, Stiefel und Strumpfhose ausziehen kann und an meine Haut auch mal wieder ein bisschen Luft kommt.
Das ist ja auch für meinen Mann nicht schön, wenn ich immer so dick eingepackt bin. Man will ja auch schon mal ein bisschen gucken, *ohne* dass man immer erst mit ordentlichem Zeitverlust der Frau die Anziehsachen abstreift. (Die Wörter »Anziehsachen« und »Zudecke« möchte ich von hier aus ganz herzlich grüßen, ich hatte seit der Grundschulzeit nichts mehr von ihnen gehört!)
Na ja. Leben ist halt auch immer ein bisschen ungesund.

Letzte Woche bin ich so über die Straße geschlendert und habe, freundlich, wie ich *auch* sein kann, gut gelaunt und dementsprechend schwungvoll einen Wagen vorübergewunken. Der rauscht an mir vorbei, ich verknacks mir beim Winken das Schultergelenk, kann nicht mehr beim Gehen mit dem Arm schlenkern, verliere konsequenterweise das Gleichgewicht und setz mich auf den Arsch. Dabei knallt meine Tasche mit der Flasche Weißweinessig (war mal ursprünglich zum Kochen gedacht) unsanft auf die Straße und der ganze Schmodder läuft aus. Und so weiter und so fort. Ich will das gar nicht weiter ausbreiten. Das *eigentlich* Bemerkenswerte daran ist nämlich, dass der Autofahrer nicht *im Geringsten* ahnt, was meine klitzekleine Geste *direkt* hinter ihm für Folgen hatte. Es gibt da nämlich auch noch 2 Leute … ich glaub, der eine von ihnen ist gestern dann am Knie operiert worden. Die muss-

ten im Krankenhaus erst warten, bis die Schwellung abgeklungen war. Der andere wollte unbedingt am selben Abend seinen lange gebuchten Flug wahrnehmen, musste aber im Urlaub dann sofort zu einem Arzt, weil das schon übel aussah, seine Platzwunde. *Ausgerechnet* am Kopf. Und wenn du Essig in eine offene Wunde kriegst, das macht dich dann ja zum Schluss noch so richtig fertig. Die beiden waren irgendwie ganz blöd über mich gestürzt, als ich da lag. Hatten, soweit ich das mitgekriegt habe, einen Riesenzoff um eben diesen Urlaub des einen, weil der wohl da einen neuen Lover treffen wollte, was wohl der andere dann für sich scheiße fand. Und in dem Gerangel hatte sich einer von beiden mit dem Fuß in mir verfangen und der andere auf ihn drauf und *dabei* haben die sich noch weiter angeschrien, von wegen wenn du wirklich fährst, brauchst du nicht mehr wiederkommen und so.
Also, liebe Leute, wenn euch mal jemand freundlich mit dem Auto vorlässt, dann guckt euch danach einfach nochmal um, ob hinter euch das nackte Chaos ausgebrochen ist. Es wäre nämlich eine nette Geste, wenn eben dieser Autofahrer dann derjenige wäre, der über sein Handy den Notarzt holt. Damit wäre zumindest atmosphärisch wieder alles in Ordnung. Den Rest macht dann der Arzt.
Ich würde jetzt ganz gerne mal wieder ein etwas spielerisches Element einbauen. Ich glaube, das täte Ihnen zwischendurch mal ganz gut.
Also: Wussten Sie, dass in dem Wort Waschmaschine das Wort Asche drinsteckt?
Wenn ja, dann schicken Sie mir eine Brieftaube mit der Antwort: Ja, ich wusste das. Sie gewinnen eine Waschmaschine.
Wenn Sie es nicht wussten, dann machen Sie an die Brieftaube einen Zettel mit: Nein, ich wusste das nicht. Sie

gewinnen dann nichts. Deswegen habe ich mich nach langem Hin und Her auch für den Gewinn einer Waschmaschine entschieden, weil ich davon ausgegangen bin, dass die meisten Haushalte bereits eine haben und Sie dann nicht so hadern mit dem Ausgang dieses Spiels.

So. Und nach diesem heiteren Intermezzo geht es auch schon wieder schwuppdiwupp in die nächste Geschichte, die weiß Gott kein Zuckerschlecken für uns alle wird.
Sitze ich letztens im Wartezimmer meiner Ärztin, da geht die Tür auf und ein circa zweijähriges Mädchen kommt mit seiner Mutter herein. Sie haben richtig herum gelesen, das Mädchen kam mit seiner Mutter. Jetzt können Sie noch so sehr reklamieren, wie, so ein kleines Mädchen *kommt mit seiner Mutter*, war es nicht eher umgekehrt? Nein, es war so, wie ich es sage.
GuckmalhierscheintaberschöndieSonnereinLeonieallesso schönhellgleichgehenwirzuderFrauDoktordiekennstduja schonjetztsetzenwirunserstmalhierhinzumWartenmöch testduhiersitzenoderlieberhierodersetzdichdochdahin dannkanndieMamasichdahinsetzenguckmaldasindauch schöneBüchermöchtestdujetztschondeinBrothabenoder späterdieMamahatdirextraeinBrotmitKäsemitgenommen musstunursagenwennduHungerhast.
Die zwei nahmen Platz unter der ununterbrochenen Textleistung der Mutter.
Das Mädchen ging auf den Kindertisch zu, nahm sich ein Buch mit Tierbildern und fing an, es sich anzugucken. Die Mutter greift sich eine Frauenzeitschrift, legt sie sich auf den Schoß und guckt der Tochter beim Buchgucken zu. Ich vermute, dass die Kleine sich in dem Moment *zum allerersten Mal* selbstständig ein Buch genommen und angeguckt hat, denn sonst würde ja eine Mutter, die das zu

Hause schon des Öfteren gesehen hat, auf keinen Fall ununterbrochen das Kind mit dem Buch anstarren.
DaistjaeinElefantguckmalunddaistnocheinElefantder gucktabertrauriggguckmaldersuchtseineMamahahahaund daspritztermitWasserdasistabereinfrecherElefantmöchtest dujetztwasessenhierkommbeissmalebenabachdumagst dieKrustenichtnesolldieMamadieebenabbeißenkommdie MamabeisstmalebendieKrusteabdannkannstdualleine weiteressenneindumöchtestnichtsessendanntuichdas wiederwegfürgleichwennduHungerhastne.
Ich hatte, seitdem Mutter und Kind den Raum betreten hatten, verzweifelt versucht, die Lektüre meines Buches wieder aufzunehmen, aber durch die Dauerbeschallung war da kein Denken dran. Für einen Moment hatte ich überlegt, die Mutter darauf hinzuweisen, dass Leonie und ich jetzt ganz gerne jede unser Buch lesen würden und dass, wenn sie sich so schlecht allein beschäftigen kann, sie doch mal in die Spielkiste gucken soll, vielleicht findet sie da ja was Aufregendes.
Es ist bestimmt für die Leonie nicht einfach, so eine bedürftige Mama zu haben, die ständig beschäftigt werden muss. Nie mal einfach Ruhe für sich haben, nie mal einen Gedanken zu Ende denken können, weil du ständig das Geplapper von der Mama in den Ohren hast. Und dann kannst du noch nicht mal böse werden, weil die Mama dich ja durch den Dauerkontakt richtig gut fördern will und dir stets zeigen möchte, dass du ein absolutes Wunschkind bist. Außerdem hast du bei Mamas täglichen Treffen mit anderen Müttern schon oft gehört, dass du ja nicht so gerne allein bist. Da willst du die Mama natürlich nicht enttäuschen, auch *wenn* sie sich da mit Selbst- und Fremdwahrnehmung völlig verhuddelt. Auch dass sie dich in der Krabbelgruppe, beim Kinderturnen, in der Pekip-Gruppe,

beim Kleinkindschwimmen, also *überall* zusammen mit dem ganzen Tross an anderen Müttern zwanghaft beobachtet und jede Regung kommentiert, das geht dir zwar riesig auf den Geist, aber sie langweilt sich ja sonst so schnell. Manchmal findest du das aber regelrecht unverschämt, dass immer du dafür herhalten sollst, wenn sie wieder behauptet, dass sie ja, seit es dich gibt, *zu nichts mehr kommt.* Außerdem weißt du nicht, wie der Satz geht: »Herrgott nochmal, starr mich nicht immer an, spring nicht immer kreischend durchs Zimmer, wenn ich mal umkippe, und gönn mir doch mal *eine* Stunde am Tag nur für mich. In der Zeit könntest du mal gut in die Zeitung gucken und nachsehen, was außer, dass du ein Kind hast, noch so in der Welt los ist. Und noch eine Frage zum Schluss: Könntest du mich nicht manchmal einfach mal stundenweise zu jemand anderem geben und du würdest dann mal in die Stadt gehen oder so was? Ich glaub, das täte mir unheimlich gut, mir wird nämlich manchmal unsere Beziehung einen *Hauch* zu eng. Wann gehst du wieder arbeiten?«
Liebe Leserinnen. An dieser Stelle möchte ich eine Suchmeldung aufgeben, denn ab Erscheinen dieses Buches mit dieser *beinharten* Mütterkritik habe ich mindestens sieben Freundinnenplätze wieder frei.

So, meine Damen und Herren, jetzt habe ich eine ganze Weile im Bett gelegen und darüber nachgedacht, ob ich wirklich so weitermachen möchte.
Ja, möchte ich.
Zumindest noch so lange, bis ich mich über die »runden« Geburtstage (»Wann nullst du denn?«) ausgelassen habe. Ich meine nicht das Älterwerden an sich, das kann jedem passieren.

Ich meine die großen Feten, auf denen man beim feiernden Volk in vereinzelte entsetzte Gesichter schaut, während man an einer zentralen Stelle im Partyraum den Kollegen (meistens sind es die gut gelaunten Kollegen, achten Sie mal drauf! Echte Freunde machen so was nicht) dabei zusehen kann, wie sich ausgezahnte, berufstätige Menschen mit einer *humorvollen Darbietung* blamieren. Da werden dann, hihi, so zum Krachen komische Eigenschaften des Gastgebers *aufs Korn genommen*, wie schlechte Laune bei Schnupfen (harrharr!), häufiges Verlieren von Schlüsseln (das ist ja mal wieder tyyypisch, hoho!) und das Bestehen auf der eigenen Kaffeetasse (jetzt zerreißt's mich aber!) mit Namen (Geschenk der Kollegen im letzten Jahr, kicher!).
Bei einer ungeheuren Bandbreite von Möglichkeiten hat man sich dieses Mal auf das Umdichten eines Liedes verständigt und die gesamte Kollegenschaft baut sich nun nach Wochen der Vorbereitung erwartungsvoll gackernd im Raum auf (sie wissen ja, was gleich kommt, glucks!), stoppt den DJ und schmettert humorvoll los:

»In ihrem gelben Wahagen,
kommt unsre Gahabi!
Kann ihren Kopf kaum trahagen,
hat einen Schnupfen, aber wie!
Guckt finster aus der Wä-sche,
sucht nach nem Taschentuch.
Vorsicht, du kriegst gleiheich Drähähäsche!
Denn Gabis Schnupfen, das ist ein Fluch!

Die letzte Zeile ist für die Kollegen sauschwer zu singen, da es sich um zu viele Wörter für die Melodie handelt, aber Hauptsache, der Spaß kommt rüber!

Nach dem Schnupfen werden in der zweiten und dritten Strophe nun noch Schlüssel und Kaffeetasse besungen. Die Kollegin rechts außen stehend hält zur gerade intonierten Zeile das jeweilige Requisit hoch und ein großes Hallo gibt es bei der Schlüssel-Strophe, den haben die Witzbolde der Gastgeberin nämlich heute (keuch!) nach der Arbeit (winsel!) aus der Tasche (johl!) geklaut, ohne dass die das bemerkt hat (wieher!!!!!).
Spätestens jetzt ist für alle im Saal klar geworden, *was* für ein Spaß da auf der Arbeit jeden Tag abgeht, man liegt sich begeistert in den Armen.
Im Kopf formuliert die Gastgeberin bereits ihr Kündigungsschreiben und fragt sich, wie sie diese spezielle Form von Mobbing in Worte kleiden soll, damit sie auch aus dem Vertrag rauskommt. Und zum nächsten runden Geburtstag wird einfach weggefahren.
In den veröffentlichten Statistiken tauchen diese Gründe für Kündigungen und den daraus folgenden steigenden Arbeitslosenzahlen nicht auf, aber glauben Sie mir, es sind nicht wenige.
Bin ich mir ziemlich sicher.

Hier noch rasch ein kleiner Hinweis an all die, die in lockerer Runde oder im Laientheater schon mal scherzhaft Lispler nachmachen: Das sch wird nicht mitgelispelt! Ein echter Lispler sagt nicht: »Dath itht aber eine thöne Theithe«, sondern immer: »Dath itht aber eine schöne Scheithe«. Dass das so ist, reduziert die Lispel-Möglichkeiten für einen Scherzbold zwar um circa ein Drittel, das verbleibende Lispel-Material wirkt dafür aber umso echter.
Bitte schön, keine Ursache.

So. Meine lieben lieb gewordenen Weggefährten in Sachen dieses Buch hier!
Alles geht einmal zu Ende. Seit circa 153 Seiten zögere ich den Abschied von Ihnen, meinen treuen Leserinnen und Lesern, hinaus, aber so sehr ich mich auch gegen den Abgabetermin stemme, gestern hat der Verlag angerufen. Feierabend, Schluss, Aus, Ende. Meine Lektorin wies mich aber gar nicht mal so zu Unrecht darauf hin, dass ich Ihnen, wenn ich doch so sehr an Ihnen hängen würde, das Zeugs hier doch auch mal zu lesen geben müsste, also im Sinne von raus aus der Schreibstube, rein in den Buchladen. Ist schon alles sehr kompliziert mit Buchschreiben und Gleichzeitigkeit von Sein und so. Jetzt sitze ich hier, muss Ihnen unter Tränen Adieu sagen, während Sie noch gar nicht ahnen, wie lieb ich Sie gewonnen habe. Und wiederum jetzt lesen Sie diese meine Zeilen und sind mir mittlerweile schon wieder völlig schnuppe geworden. Das hab ich jetzt auch wieder Scheiße ausgedrückt …
Hoffentlich wird meine Danksagung besser. Die kommt nämlich an dieser Stelle.
Mit so was kann man aber eigentlich auch nur aufs Maul fliegen, oder? Irgendeiner ist doch garantiert hinterher wieder beleidigt. Entweder weil er genannt wurde oder weil eben nicht.
Ich fang mal mit meinen Eltern an. Solche Leute nehmen einem nicht so schnell was übel. Ich danke also meinen Eltern, dass sie, was haben die eigentlich, jetzt mal ehrlich, mit meinem Buch zu tun? Sie lesen beide gern. Gut, das tun andere auch. Wenn ich jetzt jedem danken wollte, der *grundsätzlich* gerne liest, da könnte ich ja gleich bei Pontius und Pilatus anfangen. Die beiden habe ich aber zum Beispiel gar nicht mehr kennen gelernt. Ich glaube sowieso, dass es immer schon viel mehr Leute gibt, die gerne

lesen, als die, die es nicht tun. Vielleicht sollte ich dann aufgrund der Masse eher denen danken, die nicht gern lesen. Aber wofür wüsste ich jetzt auf die Schnelle nicht. Ich mache hier erst mal mit meinen Eltern weiter:

Ich danke also meinen Eltern, dass sie halt damals, 9 Monate, bevor ich auf die Welt kam, miteinander in die Kiste gestiegen – ich glaube, das geht so nicht. Für einen Moment habe ich sogar auch nochmal daran gedacht, dass ich doch die vermisste Sex-Szene jetzt – aber das ist mir alles irgendwie zu nah. Vielleicht nehme ich dafür besser die Zeugung eines meiner Brüder, aber dann weiß ich immer noch nicht, ob meinen Eltern das recht wäre. Und wenn ich da jetzt anrufe und frage, sagen die eh Nein.

Siehste. Ich habe es ja gesagt. Danksagung, das kommt so harmlos daher. Und zum Schluss hast du überall verbrannte Erde.

Wie ist das eigentlich geregelt, muss ich noch zum Schluss alle Sendungen, Zeitschriften, Straßenbahnlinien und Geschäfte nennen, durch die ich irgendeine Anregung gekriegt habe? Muss ich auch noch sagen, wer die Autorin ausgestattet hat? Ich weiß gar nicht mehr, was ich an den einzelnen Tagen jeweils anhatte. Nachher wird die Auslieferung meines Buches mit einer einstweiligen Verfügung von Dolce & Gabbana gestoppt, weil ich von denen nichts im Schrank habe.

Ein herzliches Dankeschön geht aber auf jeden Fall an die ganze Firma Schildkröt, deren Herstellung meiner zwei Schlummerle-Puppen Ulrike und Steffi mich in die Lage versetzt hat, da auf Seite 141 lockeren Bezug drauf zu nehmen. Wobei ich Steffi dort gar nicht erwähnt hatte, was ich aber auch völlig unerheblich finde. Es ging da schon eh um nichts Großes, da muss man dann nicht auch noch zum Korinthenkacker werden von wegen, wie, wieso

wird denn die Steffi einmal erwähnt und ein anderes Mal nicht?
Herrgott nochmal, Leute, ich hatte *neun* Puppen, mehrere Hasen, Bären, Hunde, Handtäschchen und habe ständig das Einrichtungsmobiliar meiner Eltern zum szenischen Spiel umgeräumt, hätte ich Ihnen das alles aufschreiben sollen?! Würden Sie mir denn bitte auch noch wenigstens einen *kleinen* Rest von Privatheit lassen?!
Aber das ist hier nun nicht mehr die richtige Zeit, sich in die Wolle zu kriegen. Schließlich möchte ich Ihnen, liebe Leser, nun danken.
Danke, dass Sie immer zu mir gehalten haben. Danke dafür, dass Sie manche Grobheiten von mir immer so locker weggesteckt und stets an mich geglaubt haben. Ich danke mir, dass ich allen Versuchen Ihrerseits, mich bis aufs Blut zu reizen, doch recht gut widerstanden und immer wieder einen Weg gefunden habe, weiterzumachen.
Ohne mich wäre dieses Buch nicht möglich gewesen. Jetzt muss ich weinen. Sie merken: Ich hasse Abschiede.
Ich habe mal jemanden zum Zug Köln – Paris gebracht und bin dann schließlich bis Paris neben dem Zug hergelaufen. Dort kam ich sogar noch ein paar Minuten eher an, weil ich ja keinen Zwischenhalt hatte.

Ihnen wünsche ich nun weiterhin alles Gute, Gesundheit vor allen Dingen! Und dass Sie immer hübsch zufrieden sind.

Ihre *Cordula Stratmann*

Schade für Piraten.

Ach ja, bevor ich es vergesse:
Es gibt auch noch meine CD
„Andererseits wiederum...“.
Nein, ist kein Hörbuch! Das ist die CD
zu meinem Bühnenprogramm!

Also für alle, die es interessiert,
so sieht sie aus:

Jetzt ist aber wirklich ENDE!

Eure Cordula Stratmann